MOI, GRAF BOUBY,

chat de gouttière

DU MÊME AUTEUR

Aux éditions Albin Michel

La Montagne Sainte *(1984)*

Aux éditions Gallimard

Le Soleil de Cavouri *(1956)*
Les Enfants de New York *(1959)*
Obscur Ennemi *(1961)*
Les Illusions nocturnes *(1964)*
La Jeune Géante *(1968)*
La Difficulté d'aimer *(1971, Prix des Critiques)*
Les Cosmopolites *(1976, Prix Valery-Larbaud)*
Gris du Ciel *(1981, Prix Cazes)*

Chez d'autres éditeurs

Essais

Marguerite Yourcenar *(Seghers, 1971 et 1980)*
Ossip Mandelstam *(Seghers, 1972)*
Là où tu iras *(La Table Ronde, 1973)*
Sporade *(Arthaud, 1979)*

En collaboration

Le Grand Siècle russe et ses prolongements *(Plon, 1971)*

A paraître

Ivan Gontcharov entre romantisme et positivité *(L'Age d'homme)*

Jean Blot

MOI, GRAF BOUBY,

chat de gouttière

BALLAND

… Le chat paraît ne sentir que pour soi, n'aimer que sous condition, ne se prêter au commerce que pour en abuser ; et, par cette convenance de naturel, il est moins incompatible avec l'homme…

Buffon

Pour Alexis qui fut témoin,
Pour Monique qui aurait pu l'être,
Pour une petite chatte nommée Alexandra
et
En respectueux hommage à tous les chats auxquels j'ai appartenu.

1.

Voglio fare il gentiluomo

Mrniaou.

Voilà, c'est moi, Graf Bouby. Je reviens du toit où j'ai connu des aventures extraordinaires, couru des périls sans nombre... Du toit, je devrais dire du ciel, tant il en est proche. On y touche le nuage ventru. Là, j'ai mis en fuite les dragons crachant le feu et qui brandissent une queue plus tranchante qu'un poignard et plus vive qu'une souris. D'une patte, j'ai terrassé les chimères. Mes griffes ont déchiré dix monstres. J'oublie leurs noms. Mes crocs ont décapité des tigres et j'ai même failli attraper un petit oiseau.

C'est moi, vous dis-je ! Sur le rebord de la fenêtre, frémissant et agile. D'un bond, me voilà sur le linoléum de la cuisine. Un bond ! Comment le décrire ? Ce fut un moment de grandeur où la force, l'adresse, la précision s'alliaient heureusement. Mrniaou ! Enfin, me voici ! N'y a-t-il personne ? Comment osent-ils abandonner ainsi un malheureux chaton de dix semaines ? J'ai faim, moi ! Mes Esclaves devraient être là, à m'attendre pour me nourrir. Têtes percées, têtes folles, sympathiques au demeurant. Leur absence demeure scandaleuse. Il faudra sévir. Il reste bien un peu de lait dans une tasse ébréchée. Mais il est vieux, ridé et une mouche y est morte. On est mal servi en notre temps ! J'écarte la mouche et je lappe. Pattes repliées et queue à l'horizontale, je ferme les yeux. Je sens que dans ce lait je vais perdre mon âme et retrouver un monde où j'ignorais le malheur d'être abandonné, seul au milieu d'une cuisine immense, par ceux-là mêmes qui ont voulu m'aimer.

Je devine que je n'existe pas encore. Il faut ancrer dans le réel pour obtenir qu'on vous croie. A vrai dire, je me demande pourquoi. Je n'aime que les histoires qui commencent par : il était une fois... Tout de suite, le ton est juste. On peut s'asseoir, replier sa queue, fermer les yeux, écouter, c'est-à-dire croire. Dites : « Il était une fois.» L'aile du merveilleux passe déjà sur votre visage et détourne votre regard. On se penche dans la nuit sur quelque chose qui va naître. Il était une fois désigne le lieu vrai du monde — votre cœur attentif ; son temps véritable — le battement de ce cœur qui m'écoute et s'apaise. Je dirais volontiers :

« Il était une fois un petit chat, seigneur entre ces seigneurs, les chats. Ses yeux étaient de topaze, ses griffes de diamant, ses crocs d'ivoire. Sa queue était pareille au cyprès sous le vent, sa voix plus mélodieuse que les sirènes. A le voir, on aurait dit que ce monde avait été lancé dans l'azur, peuplé, doré par le soleil, argenté par la lune, baigné par les mers, abreuvé par les pluies pour le produire, et qu'il était l'achèvement de l'histoire »... Mais non. Il faut ancrer dans le réel. Ancrons !

J'ai vu le jour ou plutôt flairé la nuit froide du monde le 23 février 196.., dans la cuisine d'un appartement situé au quatrième étage d'un bâtiment de la Lexington Avenue à New York. Un parmi six, j'étais aveugle, transi, bientôt épouvanté. Naître, quelle aventure ! Sous moi, soudain, le rugueux et l'instable ; autour, l'infini, le glacé, les ténèbres dangereuses. A peine découvert, l'espace se révéla hostile. Ce à quoi je m'appuyais jusque-là — frère, mère, sœur — et dont j'ignorais que je pusse être séparé, se déroba, s'enfuit. Le monde était vide et j'y étais seul. Je refusais d'y croire et cherchais à retrouver le poil et la chaleur qui m'étaient une patrie. Mais alors, la dernière présence qui se glissait encore sous moi disparut et je compris que j'étais dans l'espace, qu'il était partout, que j'en étais le prisonnier et qu'en naissant j'avais fait une perte irréparable et trébuché pour une chute qui serait sans fin. Je tombai sur le plancher. Je gémis. J'appris que j'avais une voix pour me plaindre des maux dont celui-ci était le premier. L'instant d'après, je découvrais la bonté de ce monde et je fus réconcilié alors et pour toujours. Quelque chose se posa sur moi : une et multiple ; agile et immobile, promenant sur moi des frissons et m'entourant toujours, cette chose était chaude comme le ventre d'une mère. C'était un miracle : c'était la main de l'homme. Je conçus alors pour elle un amour qui durera aussi longtemps que moi. Les neuf fois où il me faudra mourir, je voudrais avoir une main d'homme posée sur moi. Elle me donnera le courage et l'envie de renaître.

J'aimais moins la parole de l'homme alors, et encore aujourd'hui. Car le geste parfait fut accompagné de balbutiements :

— Oh ! le pauvre petit chat ! Oh ! il est tombé. Il faut le rendre à sa mère, le tout petit...

Enfin, je retrouvais un peu de chaleur. Autour, le poil était doux. Je connus ce moment où l'âme en un point se matérialise. Tout se tait pour écouter cette part du corps qui exige. Elle grandit, devient lourde, vous entraîne. A sa suite, on bascule. Alors, comme maintenant, j'avais faim.

Ma tête buta sur quelque chose de mou et de chaud. Ma bouche trouva et je bus la vie. Mais à peine avais-je découvert la source qu'on me poussa et je perdis l'équilibre. C'était mon frère ! C'est-à-dire mon ennemi. Il faudrait être unique. Au moins, seul à être aimé. Autrement, c'est la guerre ! Je dus me battre. Je ne me suis pas arrêté depuis. Parfois, on n'a plus de courage. C'est alors qu'on écrit. Je ne sais pas combien dura cette première existence, mais il me semble qu'elle fut partagée entre ce paradis qu'était maman et cet enfer qu'étaient mes sœurs et frères. J'ai dû dormir ; j'ai dû rêver. Mais à quoi rêve-t-on quand on n'a pas encore vécu ?

Ensuite, il se passa quelque chose d'extraordinaire ! Autour de moi, la nuit vira au crépuscule. Dans le noir naquirent des boules rouges. Immobiles, elles bordèrent l'horizon, comme le fait, m'a-t-on dit, le soleil des minuits scandinaves. J'eus peur. Mon poil se hérissa... Je devais être charmant. J'attendis le coup. Non ! Ce n'était pas un frère. Alors je voulus téter. Non, ce n'était pas une mère. Immobile, silencieuse, la bête rouge m'entourait. Je passai à l'attaque. Prudente, elle recula, sans que je puisse saisir son mouvement. Et depuis ce jour, j'ai l'impression qu'à l'horizon, tapi, on m'attend, on me guette. Mais qui ? Mais quoi ? A moins que l'horizon ne soit précisément un guetteur ou une sentinelle aux avant-postes de l'au-delà.

Ce lyrisme sied mal à un chat. N'importe ! Le

rouge bougea. Bientôt, il y eut des formes au bout des pattes qui me poussaient sous le front. Leur rapidité était émouvante. Pour faire le tour de l'ellipse chaude que je nomme aujourd'hui maman, il me fallait des minutes entières. Les ballons qui montaient dans ma nuit, j'en possédais immédiatement l'apaisante rondeur. Plus tard, il me fallut apprendre le prix de cette vitesse. Jamais au bout des yeux je ne pus retrouver la présence bienfaisante des choses qui peuplaient ma nuit d'aveugle. J'ai appris à classer les hommes en deux catégories. Pour la première, un regard suffit ; la seconde, au contraire, sait que la vue permet seulement de repérer un signe qui indique un secret, et qu'un secret les contient tous. Il y a l'homme qui se plante au-dessus de moi. Il me jette un coup d'œil. Son regard est tranquille et s'éclaire à ma vue. Je sens que dans sa tête il se dit : « Tiens, un chat ! », et éprouve la satisfaction intellectuelle, le plus médiocre plaisir qui soit.

L'autre, qui a le sens du mystère, me prend et me caresse. Je l'entends écouter ses doigts. Il sent ma chaleur et mon ronron. Je ferme les yeux et je sais qu'il les ferme avec moi. Il veut tout oublier pour mieux se souvenir de moi qu'il tient dans ses bras : oublier qu'il y a au monde autre chose que moi et aussi, hélas, d'autres chats, pour retrouver ce moment où, pour la première fois, le premier homme rencontra le premier chat. Je le sens qui s'élance vers moi. Il retombe. Il ne parviendra pas à percer mon mystère, il est vrai, mais il aura senti sa présence, son odeur, sa chaleur. L'aile de l'être l'aura effleuré. Il saura qu'au monde il y a des chats et que c'est très émouvant.

On est sage, faute d'être heureux.

Et comment être heureux quand on est un chaton de dix semaines, seul dans une cuisine immense, dans un appartement sans fin et que le soir descend. J'ai peur. Alors j'imagine, pense ou me souviens, c'est tout un, comme pour ces ballons qui montaient dans ma nuit et furent suivis d'éclairs. Quelque chose voulait naître. Déchirures et balafres dans les ténèbres qui se divisaient, se ressoudaient, à chaque fois moins sombres et plus fragiles. Comme la lumière est lente à se faire et comme elle est violente quand elle vient.

Ce fut l'aube et je vis. Je découvris que le monde était immense et que j'étais tout petit. Avant ce jour-là, le premier en un sens, l'immensité c'était maman. Avec un peu de chance, si je ne rencontrais pas de frère en route, si je ne tombais pas, j'en avais fait le tour en moins d'une minute. Donc, le monde, c'était une minute à pied. Je me voyais en proportion : un centième de l'Univers. Hélas, maman était sur un divan dix fois grand comme elle, lequel était dans une pièce cent fois grande comme lui et par la fenêtre, je vis... c'en était trop ! Je décidai qu'il s'agissait d'un décor et que la pièce où je me trouvais constituait toute la réalité. Elle suffisait à me confondre et à m'humilier. Je découvris que maman était noire, avec un buste blanc et une jolie tache blanche, elle aussi, sur l'œil gauche. Je regardais cet être dont je venais de comprendre qu'au bout d'un regard il était, non pas tout, mais seulement quelque chose avec une forme et deux couleurs, quand maman m'accorda une caresse de sa langue râpeuse qui m'aveugla et me renversa. Je la vis à l'envers. C'était très curieux. Mais on ne me laissa pas le temps de réfléchir. Je fus enseveli sous une boule de fourrure. C'était mon frère, Lola.

Par une erreur dont il serait indélicat de dire la cause, le pauvre garçon avait reçu un nom féminin. Il en souffrit peut-être. Toujours est-il que pour cette raison ou une autre, il était insupportable et que je lui souhaite d'avoir changé. Il ne prenait plaisir qu'à des farces stupides. A peine étiez-vous installé devant votre tétine que la douleur, à l'autre extrémité, venait vous interrompre. Lola venait de vous mordre la queue. Ensuite, il se roulait de rire : mordre la queue d'un frère qui tète, comme c'est spirituel ! Au lieu de le remettre à sa place, maman lui souriait : « Le cher petit diable ! » C'était son favori. Si exaspérés par ses facéties, nous nous liguions contre lui pour mordre ses oreilles ou piétiner sa petite gueule d'idiot, il poussait des cris à fendre l'âme. Trompée par son amour, maman nous distribuait des gifles, serrait Lola sur son cœur et le lavait, comme si nous avions sali son trésor. Mais son coup de langue était plus énergique que tendre et relevait les joues de Lola jusqu'au front ou l'éborgnait d'un côté puis de l'autre. Perdu dans ce tourbillon de caresses, le chaton avait une expression si douloureuse que nous nous sentions vengés.

De Félix, mon second frère, comment me plaindre ? C'est plutôt lui qui aurait à se plaindre de moi. Maigre et jaune, une tête à claques. Son goût de la rêverie était une pose. Quoi de plus drôle que lui mordre la queue au moment où il ne s'y attendait pas. Sur lui, je me fis les griffes et passai les colères où me mettait Lola. On a souvent besoin d'un plus petit pour se venger d'un plus grand... Pauvre Félix ! Il fut le dernier à marcher et le premier à miauler. Son talent surmontait tous les obstacles et même le fait qu'il n'avait pas de voix. Je revois encore le chaton ouvrir grand la bouche et mimer parfaitement le miaulement. Pourtant, de sa petite gueule tapissée de rose ne sortait qu'un souffle. Et tout était si bien imité qu'on se croyait sourd, puisqu'on voyait le miaulement sans l'entendre. Il restait des heures à fixer le vide ou bien, les yeux fermés, il prétendait écouter quelque chose, le front déformé par des plis qu'il croyait intelligents. Comment s'amuser avec un chat pareil, sinon à ses dépens. Je regrette pourtant le tour que je lui ai joué.

Je commençais à bondir et ce nouveau mode de locomotion me plaisait. Jusque-là, j'avais dû me traîner. Mon ventre était lourd, ballonné, un sac à lait difficile à soulever. Mes grosses pattes étaient sans force ; peu d'adresse, et je tombais souvent. Mais j'avais découvert un ressort dans mon dos. Il suffisait de ramener les quatre pattes sous le ventre, se recueillir un instant et puis, hop, lâcher tout ! On y gagnait ainsi un bon centimètre en hauteur, trois ou quatre en longueur. Ces bonds plaisaient à maman et tiraient des larmes de mes premiers esclaves. Mais Félix, en fermant les yeux quand il me voyait bondir, paraissait mépriser mes prouesses et insinuer qu'elles étaient puériles. Je me fâchai et calculai mon bond de telle sorte que j'allai donner de tout mon poids dans son côté. Je n'étais pas lourd, mais lui non plus. Il roula et tomba du divan. J'eus peur et courus, trois bonds, prévenir maman. Elle dormait. Alors je réfléchis à l'affolement de Félix et ce fut avec plaisir. Bien fait ! Le chanteur de charme miaulait à fendre l'âme, mais comme il n'avait pas de voix...

Notre excellente mère était assez désordre. Le calcul mental n'était pas son fort. Elle nous perdait sans cesse et plus souvent encore, craignait de nous avoir perdus. Elle nous comptait et nous recomptait par de violents coups de langue sur la tête ou sous la queue. Tantôt nous étions trop, tantôt pas assez. Elle s'affolait dans les deux cas, gémissait, courait de droite et de gauche... Le fait que ma mère eut six enfants et n'apprit jamais à compter aussi loin fit de la prime enfance une époque agitée. Le jour où j'avais basculé Félix par-dessus bord, elle se trompa dans son recensement et ne s'aperçut de rien. Si bien que ce fut l'un de mes premiers esclaves qui retrouva Félix sur le plancher, transi de peur et de froid. Il le prit et le déposa près de maman qui se réveilla en sursaut. Et de laver le pauvre gars, de le repasser avec sa langue, de l'aplatir comme une descente de lit, de le redresser, de l'étirer, supprimant tantôt au bénéfice de la hauteur et ensuite au bénéfice de la largeur, la troisième dimension de Félix. Je me demande s'il m'a pardonné, s'il chante aujourd'hui, dans quelle cour, sous quel toit ? La vie est bien étrange !

Quant à mes sœurs, Rose, Rosette et Rosine, elles étaient toutes noires. Je voudrais pouvoir en dire du bien. Elles avaient du charme, l'humeur badine, mais incontinentes, elles sentaient toutes mauvais. Sous elles ou à côté, c'était toujours mouillé. Pourtant, elles voulaient plaire, se renversaient sur le dos, rejetaient la tête de côté, serrant la joue contre l'épaule et miaulant doucement. Trop occupé à me mordre la queue et à me voler mon tour de tétée, Lola ne remarquait rien ; Félix, perdu dans son rêve, non plus. Seul je demeurais sensible à ces agaceries, éprouvant je ne sais quel émoi.

Mais enfin, me direz-vous, issu d'une telle famille, d'où vous viennent votre distinction, votre élégance et votre esprit ? Je l'ignore. Mon père, sans doute. Je ne l'ai pas connu. Interrogée, ma mère s'entourait de mystère ou bien tenait des propos contradictoires qui variaient au gré de son humeur. Si elle était excédée, elle s'écriait : « Ah ! ce filou, forban, fripon, ne me parlez plus de ce vil séducteur ! » Si au contraire elle était heureuse, attendrie par nos gambades et nos jeux, ayant oublié un moment son malheureux penchant à nous compter et recompter, elle se mettait à ronronner :

— Ah ! mes enfants, c'est une belle et longue histoire !

Nous prenions place autour d'elle, assis en demi-cercle et la queue soigneusement repliée.

— Voilà ! C'était le printemps. Vous ne connaissez pas encore les saisons, mes chéris, mais croyez-moi, de toutes c'est la plus belle. L'air y est vivant, tissé de promesses et d'appels. Au coin des rues, à chaque réverbère, sur les poubelles et les pneus des voitures, l'odeur de l'amour vous attend. On s'arrête alors, sur le point de défaillir. Les nuits sont si chaudes qu'on en perd le sommeil. Ce printemps-là, le dernier, j'errais jusqu'à l'aube, frôlant l'ombre imprégnée de désirs, me frottant aux traces encore fraîches que j'en trouvais. Je ne pouvais ni manger ni boire. J'étais maigre à en faire pitié. Mes maîtres m'enfermaient. Mais le feu qui me brûlait ne voulait pas s'éteindre. Je hurlais et les hommes qui connaissent nos désirs n'en goûtent pas la voix trop sincère. On me lâchait et je recommençais à errer, gémir, crier dans les rues désertes. Une nuit, je le trouvai enfin. Votre père !

Elle se tut. Nous retenions notre souffle. Nous allions savoir... Peu de chose, à dire vrai.

— Il devait être tard, car il y avait peu de passants. Ceux qui se traînaient encore dans la nuit torride s'arrêtaient souvent, se collaient l'un à l'autre, buvaient l'un à la bouche de l'autre. Ils repartaient en titubant. Ils avaient toujours aussi soif. Les voitures s'étaient endormies. Dans plusieurs, des couples luttaient silencieusement. Sur la chaussée de la Première Avenue, les taches roses et bleues du néon sentaient le mâle. Au loin, la rivière brillait dans la nuit comme les yeux du mâle que le désir torture. Soudain, derrière une poubelle, je l'entendis. C'était à côté d'un bar dont la vitrine posait sur nous sa lumière livide. Votre père ! Ses oreilles étaient couchées, son poil hérissé. Dans ses yeux brillait le crime. Il râlait à voix basse : un cri sinistre, retenu, prolongé. Je me jetai sur lui et lacérai son cou. Il ferma les yeux et ne se défendit pas. Je griffais, mordais. Je le haïssais de pouvoir étancher ma soif. A un moment, il me frappa. Je sus que l'heure était venue, que j'allais mourir dans la flamme et renaître dans la rosée. Ah ! votre père, mes enfants, était un homme bien remarquable !

Nous voilà renseignés ! De ses occupations et pensées, de ses qualités de cœur ou d'esprit, de son histoire, ma mère ignorait tout. Elle inventait parfois, sans conviction. Je dus conclure qu'elle savait seulement de lui ce qu'il avait bien voulu lui révéler derrière une poubelle de la Première Avenue, par une nuit de printemps. Belle famille, me direz-vous : mère putain, père inconnu, sœurs incontinentes, frère vulgaire ou neurasthénique. Sans doute, mais on ne choisit pas. Et toute famille vaut mieux que la solitude que je retrouve maintenant dans la cuisine déserte, orphelin affamé, abandonné dans le noir. Les chats voient la nuit. Mais ce qu'ils voient ne les rassure pas.

Dans l'appartement vide, les ombres se sont mises à danser. Noires sur noir, elles passent, me frôlent ou rient en silence. Parfois, le jet lumineux d'un phare traverse la fenêtre, escalade le mur, rampe sur le plafond et, acrobate satanique, se renverse et s'enfuit la tête en bas. Du plancher sortent des goules qui rampent et s'entredévorent avec des chuchotements et des piaillements gloutons. Fantôme d'un pendu enchaîné à la fenêtre, le rideau grimace et danse. Les carreaux blanc et noir du linoléum se mettent en mouvement et devenus crabes reculent en me menaçant de leurs pinces. Le squelette de la maison grince et ses os s'entrechoquent. Blotti dans mon coin, je tremble. J'essaie de miauler, mais mon miaulement m'épouvante : on dirait qu'on m'étrangle déjà. Je me serre entre mes quatre pattes. Je me borde de ma queue de mon mieux. Ne reviendront-ils donc jamais mes Esclaves, mes Maîtres, mes Dieux ? Où sont-ils ? Que font-ils ? Ont-ils oublié qu'il y avait sur la terre un être qui ne vit que par eux ? Je les attends de toutes mes forces.

Serait-ce eux enfin ? Je n'ose l'espérer. Pourtant, derrière la porte de l'entrée, cet escalier qui grince ; sous la porte, ce rayon de lumière. C'est eux ! C'est leur pas ! Joie. Ce monde est magnifique où l'homme se souvient du chat. Arrière crabes, pendus, flammes infernales, goules immondes. Ce monde est clair comme le cœur qui y bat. Pour vivre cette minute où la porte va s'ouvrir, je traverserai les enfers. Ma machine à bonheur, déjà, est en marche. Je ronronne : l'homme est un animal fidèle et aimant. Je me frotte contre la porte d'entrée. Ils m'ont entendu ou deviné car, tout en cherchant leur clef, de l'autre côté de la porte, ils miaulent. Ils miaulent bien mal, les pauvres ! C'est gentil pourtant ; c'est pour me dire qu'ils ne m'ont pas oublié, que toute la journée, dans leur tête et peut-être aussi leur cœur, ils ont porté l'image d'un petit chat…

Ah ! mais vont-ils trouver leur clef à la fin ! L'attente me brise et mon ronron devient douloureux. C'est tout lui ! A travers la porte, je le devine, je le vois : une poche, puis l'autre, la troisième. Il a douze poches et pas de tête, voilà la vérité ! Je l'entends qui jure. Le dénouement approche. D'ici un instant, serrant les lèvres pour signifier un désespoir à froid, il dira : « J'ai perdu les clefs », sur un ton qui est censé vous faire frissonner de peur pour vous-même, d'admiration pour son courage. Qu'il se hâte d'en venir là. Après, ça va assez vite. Elle le console. Il refuse le réconfort. Alors elle plonge sa main dans la première poche venue… La serrure tourne. Dieu soit béni, les voilà !

Mes chéris. Comment leur exprimer mon bonheur, leur dire ma tendresse ? C'est tout de même triste d'être chat. Les hommes, il est vrai, ne sont guère mieux doués. Ils se prennent les mains et les secouent comme pour empêcher le malheur de sauter par-dessus. Ou bien se regardent bêtement ou encore posent leurs lèvres sur les joues du bien-aimé. Parfois, il est vrai, ils s'appuient l'un à l'autre en silence et ils pleurent. C'est beau... Oui, mais moi je n'ai ni main, ni lèvres, ni joues, seulement ce pauvre ronron pour célébrer le plus grand bonheur qui soit. Je me frotte à leurs jambes, la queue à la verticale. Ils vont me croire insensible ou indifférent.

Elle me prend dans ses bras et appuie mon flanc contre son oreille. « Oh ! dit-elle de sa belle voix fruitée, écoute comme il ronronne ! » Elle paraît ravie. Lui, c'est à peine s'il m'entend. Il a l'air soucieux. Il doit encore avoir perdu quelque chose. Il me gratte un peu la tête et dans ses yeux je vois qu'il m'aime « Il m'embrasse », s'écrie-t-elle. C'est vrai que j'ai léché sa joue qui sent bon le vent salin de New York. « Regarde ! » Maintenant, lui aussi a tout oublié. Toutes les clefs du monde peuvent disparaître de toutes les poches du monde. Il s'en moque désormais. J'existe seul. Sa main va et vient sur ma tête et il murmure tendrement : « Bouby, Boubou, Boubsik, Boubotchka..., qui t'a inventé ? »

Félicité.

2.

Giurate di non andare in collera

Mes Esclaves. Les décrire ?

Lui ressemble à un dromadaire. Il en a l'allure souple et la foulée. Quand il marche, il ondoie. Elle, ce serait plutôt un canard au pas court et rapide, la croupe rieuse et frétillante. D'un dromadaire, Il garde la dignité rêveuse. Il va, la tête légèrement renversée en arrière, la paupière supérieure pesant sur l'œil, traversant les déserts qu'Il fait lever autour de lui. D'un canard, Elle a l'œil malin et rieur, le bec bavard et gourmand. Elle va le nez froncé, la lèvre avide, va et se dandine, saluant d'un rire ou d'un déhanchement le paysage, grouillant de détails savoureux, qui l'accompagne. Et quand elle se fâche, Elle lève le bec et c'est « couac, couac » à vous en assourdir.

Hélas, Il ne sent pas le sable, mais le tabac. Parfois, Il me souffle à la figure sa fumée et rit de la grimace qui fronce alors le triangle rose de mon museau et m'oblige à fermer les yeux. Elle sent plus bon qu'une chatte de Perse ; les parfums de l'Arabie n'adoucissent pas que ses mains. Sa peau à Lui est râpeuse. Elle !... Comment dire sa douceur ? Mes meilleurs moments, je les dois à ses joues. Je monte le long de son bras. Elle proteste, mais c'est pour rire. Trois pas. Voilà l'épaule, bien ronde et dodue, où je me couche. Ma tête et mon flanc s'appuient à sa joue. Mes yeux se ferment. Un matin clair et chaud m'endort. La voix monotone du bonheur se met à parler toute seule dans ma poitrine et répète inlassablement que vivre est bon et qu'il faut dormir. Contre moi sa peau dit la tendresse et... Ah ! je ne sais plus. Seulement ceci : s'il me fut donné, à moi chat de gouttière, de comprendre le mot velours, c'est à sa joue que je le dois. Bien sûr, je La préfère.

C'est pourtant Lui qui m'a choisi.

Dans la maison où je suis né, on ne voulut pas nous garder. On parvint à se débarrasser de Lola, à perdre Félix, à donner Rose, Rosette et Rosine. Pour moi, ce fut la S.P.A. On me mit dans une grande cage qui ne sentait pas bon. Il y avait là une vingtaine de chats des trois sexes et de tous âges. Un vieux matou borgne me gifla en passant. J'étais sur son chemin, m'expliqua-t-il et il promit de me tuer s'il m'y retrouvait. J'appris alors que le malheur rend méchant, que la méchanceté crée d'autres malheureux qui, à leur tour, deviennent méchants et ainsi de suite jusqu'à ce qu'un geste tendre, clair, naïf, rosée dans l'enfer, brise le cercle et vous rende le goût d'espérer. Ainsi de mon matou qui avait aimé d'amour sa maîtresse, femme élégante et frivole. Quand elle le vit borgne et vieux, boitant et pelé, elle décida que si vilain matou déshonorait si jolie maîtresse et elle l'abandonna. Depuis, il se mourait de tristesse et terrorisait les chats qui partageaient sa cage. Un gros chat blanc se mit à jouer avec moi, comme si j'étais une balle ou une souris. Il n'était pas méchant, seulement idiot. L'opération dont il avait été victime lui avait fait perdre plus que sa virilité. J'avais mal et je hurlais de peur. « Oh ! pardon ! dit-il, ça ne vous plaît pas ? » Il me regarda de ses yeux ronds, fit un geste gracieux de sa grosse queue et s'en fut en pouffant. L'idiot se faisait battre par les matous, mais, l'agilité même, il leur échappait toujours, bondissant comme un écureuil au sommet de la cage, sa grosse queue blanche balayant les barreaux. Là-haut, il pouffait de rire. Les matous l'insultaient, se séparaient en roulant des épaules pour aller vaquer à leurs affaires, le plus souvent pour terroriser un petit.

Nous étions une demi-douzaine et nos âges additionnés n'auraient pas fait six mois, ni nos queues bout à bout un mètre. Nous nous serrions les uns contre les autres pour avoir plus chaud et moins peur. Il y avait les matous, mais aussi les cages voisines : par exemple, je n'aime pas cet animal, bruyant, vulgaire. Dès l'aube, les chiens commençaient leur tapage et fort avant dans la nuit le continuaient encore. Dès qu'un homme passait près d'eux, ils se ruaient sur les barreaux de leur cage et l'appelaient, le suppliaient sans le moindre souci de dignité. L'un d'entre eux pourtant me faisait peine. Il n'aboyait pas, il sanglotait et ce sanglot était déchirant. Plusieurs fois par jour, il se ruait sur les barreaux avec l'espoir de les briser ou de se tuer. Il retombait assommé, secouait sa tête pointue, brune et blanche, se taisait un moment, bientôt recommençait. Un jour, il se tut, se coucha et ne bougea plus. Les autres chiens s'écartèrent. On vint le chercher. « Qu'a-t-il ? demandai-je au gros chat blanc, le coupé. — Rien ! répondit-il, il est mort » et il oublia de rire. C'était la première fois que j'entendais ce mot. Le comprendre ? Non, mais j'en sentis le poids. Il était lourd à porter pour un chat de mon âge.

Quand on est abandonné, on comprend vite. L'intelligence marche dans les pas du malheur. Trois jours ne s'était pas écoulés que je retrouvais sur mon chemin celle avec qui j'ai neuf rendez-vous. Dans notre groupe de chatons, il y avait une chatte. Jolie, joueuse. J'en était amoureux. Sur le front, elle avait un M majuscule dont les bases s'appuyaient au-dessus des yeux. Sur les joues, deux traits noirs, très expressifs ; des moustaches longues, argentées, palpitantes d'esprit. J'étais épris de cette zone blanche comme lait et duveteuse qui, partie de la pointe de son petit menton, s'élargissait ensuite pour vêtir son cou et sa gorge. Et ses pattes donc, gantées de blanc, qu'elle tenait si drôlement pour jouer. La tête, un peu penchée, elle frappait des petits coups répétés, mais patte de velours et sans griffer. Elle ramenait toujours sa queue autour d'elle avec grand soin, craignant sans doute qu'une queue étalée ne fît désordre ! Coquette, elle passait des heures à se lisser le poil de sa petite langue rose. Il ne fallait pas l'interrompre alors. Personne n'aurait osé, tant elle avait l'air grave et appliqué. Les prisonniers rêvent. Nous rêvions ensemble.

Un matin, me réveillant blotti contre ma petite amie et voyant qu'elle dormait encore, je lui mmordillai l'oreille. Je m'attendais à une gifle gentille, mais elle ne broncha pas. Je lui léchai le museau. Il était chaud. J'y trouvai aussi, et bientôt partout sur elle, une odeur qui me fascina et me fit peur. Je courus me réfugier à l'autre bout de la cage mais je revins bientôt, lentement, à pas comptés. La petite était sur le flanc, les pattes raides, la queue à l'abandon. Les yeux clos, elle respirait très vite et très fort. Je regardai s'agiter sa poitrine si blanche et j'eus si peur que je me mis à miauler. Le matou borgne passa par-là, me dit : « Foutue ta belle. Cesse ce tapage ou je t'assomme ! » Je me tus. Je regardais fasciné et sans pouvoir en détourner les yeux ma petite amie qui haletait, si loin déjà de moi et de tout, absente, tout entière au dur travail de mourir. Vers la fin de l'après-midi, ses pattes se raidirent. Le halètement cessa. Elle ouvrit les yeux. Le gardien passant devant notre cage dit : « Tiens, il y en a une de crevée. » Il alla chercher une pelle, ramena le cadavre et le jeta aux ordures. Telle fut la fin de mes amours enfantines.

A mon tour, pensais-je. Quelque chose s'en fut, me quitta : une joie immotivée, le mouvement d'un cœur prêt à aimer, des distractions aussi joyeuses que soudaines, des élans sans cause ni raison. Tout cela que je perdais, je lui donne le visage de ma petite chatte. Je le nomme : l'espoir. Lui parti, je restai dans mon coin, ma queue ramenée autour de moi et mes yeux ronds fixée sur le néant. J'attendais. Non, c'est trop dire encore. Celui qui attend lutte contre le temps. Je ne luttais pas. Les heures passaient, et les jours. Je ne remarquais rien. Une scène pourtant devait me tirer de ma torpeur. Elle m'enseigna que l'homme, lui aussi, est victime du malheur. Mais alors, qui en est responsable ? Rien, personne ? C'est impossible ! Il nous faut un responsable... Pour cet homme et pour son chien.

Ils vinrent un matin. L'homme était vieux, mal vêtu et traînait derrière lui une grosse bête à moitié aveugle et qui perdait son poil. Je ne sais pourquoi, on le fit attendre devant notre cage. Il y avait là un tabouret. Le vieil homme s'assit. Le chien mit sa tête sur les genoux de l'homme. Il perdit ses yeux dans les yeux du maître. Je crus entendre celui-ci se parler à mi-voix. Il disait à peu près : « Je l'ai traîné partout... Tous les vétérinaires le disent : tu ne peux plus guérir. Tu ne peux que souffrir. Alors, mieux vaut te faire piquer. Non ? Je n'en peux plus de te voir souffrir. Et puis, il y a les voisins. Ils se plaignent. Oh ! tu es une bonne bête, une chère bête. Si seulement il pouvait parler. Me dire qu'il est d'accord. Non, il me regarde. Ses yeux me disent : fais ce que tu veux. C'est pourtant pas ma faute, ma vieille bête. C'est raisonnable de te faire piquer. Mais lui me regarde et il a l'air de me dire : ça m'est égal de souffrir, tant que je puis te voir et te sentir. »

J'écoutais. Je me disais : la vie est atroce. Je ne puis la supporter. Ainsi, si ma petite chatte est morte, ce n'est pas faute de l'homme. Si nous sommes prisonniers, ce n'est pas de sa faute. Mais si le malheur n'est pas la faute de l'homme, si nul n'en est responsable, comment nous en libéreronsnous un jour ? Comment guéririons-nous ? Comment espérer ? Nous sommes perdus.

Le lendemain, Ils étaient là. Devant notre cage. Lui, un peu penché. Elle, bien droite. Lui, un sourire tolérant pendant mollement sur ses lèvres. Elle, avec des rires qui fusaient de ses yeux. S'Il l'avait laissée faire, elle nous aurait adoptés tous : « Celui-ci, celui-là, cet autre là-bas ! » Lui me vit tout de suite. J'eus le bonheur de miauler et Il me reconnut. Sans doute, la phrase par laquelle Il m'adopta n'est pas des plus flatteuses.

— Celui-là, déclara-t-il fermement. Il a l'air si distingué et si bête.

Bon. Qu'importe la raison, pourvu qu'on vous aime.

— C'est tout à fait Graf Bouby, ajouta-t-il.

Alors, Elle me reconnut aussi. Le gardien me cueillit dans la cage et me déposa entre ses mains. Elles étaient douces. Elles étaient chaudes. Je savais que je partais pour le bonheur. Elle me caressa, me gratta la nuque et aussitôt, suivant la mauvaise habitude de sa race, Elle se mit à jouer avec le beau nom qu'Il m'avait donné : « Boubitchka, Boubinka, Boubik. » Je ronronnais. J'étais bien. J'avais trouvé ma place et le sens de la vie.

— Ça fait un dollar, dit le gardien.

Après avoir fait le tour de ses poches, manège auquel je n'étais pas encore habitué et que je suivis avec l'inquiétude qu'on imagine, Il finit par trouver son portefeuille et tendit le billet. Ouf ! Me l'ont-ils reproché ce dollar. Mais c'était toujours pour rire et se moquer. Elle me mit dans son chapeau. Je m'y couchai en boule et repris mon ronronnement.

— Comme il est sage ! s'exclama-t-elle.

Non, petite sotte, je n'étais pas sage. J'étais réconcilié. Je savais que toi étant toi, moi étant moi, tout était bien.

— Caresse-le, exigea-t-elle.

Je crois qu'Il avait peur de moi. Il posa un index hésitant sur une de mes côtes et me fit mal. Je protestai. Il rougit.

— J'y connais rien, moi, dit-il.

— Tu apprendras, promit-elle.

« Bien sûr, pensais-je, je t'apprendrai. »

Il a appris.

Ma sortie de prison, comment l'oublier ? J'aurais dû être terrifié. Si l'on perdait un instant l'habitude du ciel, on apprendrait beaucoup. Qu'on retrouve l'horreur des mots « sans fond » quand pour la première fois, par les yeux, ils vous entrent dans la chair. Et vers ce toit ouvert à jamais s'élançaient des géants dressés par l'orgueil d'un monde barbare, où il n'y avait pas de place pour le petit miracle de chaleur et de tendresse que j'étais, et qui me condamnait à rester pour toujours un chat de gouttière, c'est-à-dire rien ou presque. Et pourquoi seulement un chat de gouttière, et pourquoi justement un chat de gouttière ?...

Non content de m'écorcher la vue, New York me concassait les oreilles. Une voiture passa à grande vitesse, fuyant une douleur sans doute atroce et qui lui arrachait un cri, montant, descendant et ne voulant tarir. En hurlant, un camion dégringola l'avenue. J'eus l'impression d'être perdu dans une foule de géants qui souffraient d'une colique à leur mesure et couraient, se tenant le ventre, sans savoir où se soulager. Un vacarme ! Pour se parler, les hommes devaient crier, ce qui leur donnait un air méchant. Par leur démarche, leur hâte, leur tapage, j'eus l'impression qu'ils singeaient les mécaniques. Grincements, crissements, détonations, sifflements, explosions, grondements, pétarades... Oui, et dans tout ce vaste monde, pas un ronronnement.

Si, le mien. Car je ronronnais. Car je n'avais pas peur. Un peu d'amour et l'on supporte tous les maux. Le bonheur : ce sont ses mains sur vous et la chaleur dans ses mains. Que les gratte-ciel s'élancent. De toute façon, le ciel reculera. Que les hommes volent à mille à l'heure ; pourquoi le but en sera-t-il moins morne ? Qu'ils déchaînent les sirènes, les klaxons, les tonnerres. Au centre de la tourmente, il y aura toujours un silence où se roulera le ronronnement d'un chat.

Nous entrâmes dans un magasin. Là, je connus un franc succès. Il faut dire que j'étais adorable. Vingt femmes entourèrent le chapeau que mon Esclave tendait à bout de bras et où je m'étais roulé. Elles poussaient des gloussements et émettaient une série de sons, inintelligents mais très flatteurs. Je songeais que la vie est étrange qui vous porte des bas-fonds du désespoir aux sommets du triomphe et pour remercier mes admiratrices, je pris la pose carte-postale, me glissant sur le côté afin de révéler le blanc duvet de mon ventre, pliant la patte droite au-dessus de mes yeux comme pour me protéger d'une lumière trop forte et les regardant par en dessous avec cet air à la fois naïf et malicieux auquel femme jamais ne résista. Un triomphe ! Les hommes, à l'extérieur du cercle, boudaient, tiraient par la manche l'épouse, assuraient qu'ils avaient fort à faire et pas de temps à perdre. Jaloux ! Ils ne savent ni jouer, ni caresser, ni nourrir, ni soigner. Ils me paraissent inutiles. Les femmes suffisent. Toutes les femmes et un matou : Moi ! Quel rêve ! Cependant, mon Esclave refaisait pour la troisième fois le tour de ses poches et un peu de sueur perlait sur son front. Il finit par retrouver de quoi payer les emplettes destinées à mon installation.

— Courage Boubou ! Tu seras bientôt chez toi, dit-elle.

Une porte où le ciel s'évanouit. Un couloir où la

rue se tait. Un escalier qui tourne. Une porte s'ouvre. Un couloir au linoléum à carreaux blancs et noirs. Au bout, la cuisine où déjà m'attend le lait tiède. Je ne sais rien encore de cet appartement.

Déjà je suis chez moi.

Les choses n'allèrent pas toutes seules. Quand on a contre soi la force, l'âge et l'état, devenir le Maître est un combat. J'avais encore à surmonter l'obstacle d'un amour auquel ils voulaient rester fidèles et dont je devais pourtant les consoler. Il y avait une chienne dans leur vie. Elle était morte dans la souffrance. Après cette perte, la maison leur parut si vide que bientôt ils ne purent le supporter. Fantômes d'aboiements, de jappements ou de plaintes qu'ils rencontraient ici et là et qui leur faisaient croire que la chienne était toute proche, dans quelque monde nuageux, inaccessible, à les appeler de toute son âme. Un craquement… ils se retournaient croyant la voir, queue frétillante et regard passionné. Il leur semblait entendre le bruit de sa course, les griffes qui grattent sur le plancher et, dans le creux de leur main revenait se poser le museau humide. Que faire ?

— Je ne veux plus de chien, avait-il déclaré, on souffre trop, c'est intolérable.

Comme si tu allais souffrir moins le jour où, à mon tour, je devrais t'abandonner !

Toujours est-il qu'on décida d'adopter un chat. Ce fut moi.

Allez lutter contre une ombre ! J'examinai à loisir sa photo : de longues oreilles liquides, quelque chose d'hystérique et de trop racé dans chaque trait. Je lui en voulais, sans doute, mais surtout j'aurais voulu qu'elle m'enseignât la façon de m'y prendre. Il est vrai que de toute façon ses charmes n'étaient pas les miens. Mieux valait oublier l'ombre. Elle finirait par se dissiper. Mais j'enrageais de l'entendre dire vingt fois par jour :

— Il est gentil. Mais ce n'est pas Machka.

Heureusement qu'Elle avait le bon sens de lui répondre :

— Bien sûr, c'est un chaton.

J'avais beau faire mille tours charmants, le gros dos, la danse de côté, ronronner, miauler d'une voix si plaintive et pourtant si jolie qu'elle eût fait fondre le marbre, Il ne remarquait rien. Il soupirait, le regard triste, le cœur au loin. Bientôt, Il me prit même en grippe et déclara qu'Il n'aimait pas les chats.

Je fis des avances malheureuses. J'étais maladroit : je n'avais pas dix semaines. Je me glissais la nuit sur leur lit et berçais leur sommeil de mon plus doux ronron. Il se réveillait alors, déclarait que « ce chat » l'empêchait de dormir, qu'Il devait travailler le lendemain et La sommait d'arrêter « ce bruit infernal ». Je subis un échec plus cuisant. De nouveau c'était la nuit et je me sentais bien seul. Ils dormaient tous les deux, enlacés. Ils respiraient ensemble et alors le drap blanc se soulevait un peu. Ce mouvement du drap, c'était la vie, c'était le bonheur. Je me sentis malheureux. Pourquoi étais-je exclu de cette fête au lieu d'être entre eux, dormant du même sommeil et respirant du même souffle ? S'Il m'avait aimé, j'aurais eu droit à cette place. Ah ! Et puis, pourquoi ne m'aimait-Il pas à la fin ? C'était trop injuste. Comment pouvait-Il ignorer ce trésor que j'étais ? J'allais lui murmurer à l'oreille : « Je suis là. Reconnais-moi. Je suis chaleur et amour, l'esprit de la maison. Je suis un feu doux, la flamme muette et le duvet qui écartent le vent glacé de la solitude, du cauchemar. Si tu es désespéré, il te suffira d'entendre mon ronronnement pour savoir que malgré tout quelque part, au cœur du monde, tout est bien. Ecoute, je suis un petit Dieu, de rien du tout, sans doute (Oui. Je sais : un dollar !), un Dieu pourtant. Aime-moi, s'il te plaît ! » Exalté par ce discours, je me glissai jusqu'à son épaule. Elle était nue. Il avait rejeté le bras en arrière et me présentait l'aisselle. Son odeur me grisa. « Sueur de l'homme que j'aime », pensais-je. Et j'allai la boire pour me pénétrer de lui.

Catastrophe ! Ma langue était-elle trop râpeuse ? Je ne sais. Toujours est-il qu'Il poussa un cri comme s'il avait été attaqué par un dragon. Il se dressa et m'envoya bouler à terre. J'allai me blottir sous le lit. Cependant, Il déclamait :

— Il m'a mordu. Ton sale chat m'a mordu. A l'aisselle. Dans mon sommeil !

Elle avait le fou rire, ce qui n'arrangeait rien.

— Parce que tu trouves la chose comique, en plus ! Bravo ! Ça fait un choc terrible. Va enfermer ta sale bête dans la cuisine. J'ai tout de même le droit de dormir en paix !

Elle m'enferma donc. Mais Elle me caressa et nous rîmes sous cape ensemble. Elle était de mon côté, c'était l'essentiel.

La tentative suivante fut désastreuse. Cette fois, même, Elle fut contre moi. Depuis quelques jours, j'entendais un bruit derrière la cuisinière, avec des grattements qui m'allaient droit aux muscles, aux griffes, aux mâchoires. J'étais prêt pour un exploit dont j'ignorais tout. Se glisser derrière la cuisinière était impossible. Elle était trop près du mur. De là me parvenait une senteur qui faisait battre mon cœur, dresser mon poil et mettait dans ma bouche le goût du sang. Je ne pouvais ni penser ni rester en place. Toute pose m'était une crampe, toute idée comme un repoussoir. Enfin, un matin, elle parut. Peut-être dans son trou avait-elle vécu une angoisse parallèle à la mienne et qui avait fini par la pousser à bout. Comment expliquer autrement qu'elle quittât son repaire où je ne pouvais l'atteindre ? Comme si nous avions rendez-vous, elle vint, grasse, flasque, et se figea au milieu de la cuisine. Elle tremblait. Ses petits yeux noirs brillaient mais elle n'osait pas les lever vers moi. Je ne bronchai pas, je ne lui coupai même pas la retraite, sachant que cette souris était à moi de toute éternité. M'échapper ? Allons donc, il aurait fallu vouloir et elle ne savait que trembler. Pourtant, c'était une vieille souris pleine d'expérience et je n'étais qu'un chaton. Elle avait dents et griffes, savait courir et marcher. Seulement, j'étais de la race des maîtres, elle, une esclave. Je lui en voulais un peu, il me semble, de la joie qui faisait battre mon cœur, tandis qu'incapable d'un mouvement, elle suait la peur et la soumission. Je bâillai largement.

Soudain, un bond et un coup de patte derrière la tête. Mes griffes pénétrèrent. La chair était moite, visqueuse. Une nausée me souleva le cœur. La souris poussa un cri et fonça vers le frigidaire. Non pas vers son repaire ! Non ! Elle avait plus envie de mourir que moi de tuer. Le nez contre le frigidaire, couleur de poussière, elle me présentait sa croupe molle terminée par un lacet de soulier. Je la frappai de nouveau. Elle prétendit fuir, buta contre le frigidaire et se serra contre lui. « Ah ! tu veux m'échapper, lui dis-je. Eh bien ! rentre dans ton trou ! » Et d'un coup de patte, je la lançai vers la cuisinière. C'est elle qui revint vers moi. Ensuite, elle ne prétendit plus fuir. Elle ne cria plus ; je la lançais en l'air, je la poussais devant moi, je la devançais d'un bond, levant la patte comme pour l'achever et la laissant retomber sur elle, douce comme une caresse. Je la serrais contre moi et roulais enlacé avec elle. Les deux braises de ses yeux ne me quittaient plus, leur regard perdu dans le mien. Il m'adorait. Bientôt, je ne pus plus le supporter et d'un coup de dent tranchai la nuque de la souris. Je crus vomir. Je n'aime pas les victimes. Elles font les bourreaux.

Je mis du temps à me calmer. Enfin mon poil se coucha et mon cœur s'assagit. Je me mis à réfléchir. Tout de travers, je le sais aujourd'hui où j'ai compris que je voulais alors transformer mon crime en action de grâce et, en y associant mes Esclaves, me laver de ma faute et de la joie que j'y avais trouvée. Tuer pour l'Esclave, pour le servir ou lui plaire, permettait d'associer au plaisir du meurtre la volupté du Juste. Ce sont là pensées de matou sage et revenu de bien des choses. Alors je croyais ne rêver qu'à l'amour, c'est-à-dire aux moyens de se faire aimer. Je décidai de déposer ma proie comme une offrande sur leur descente de lit. A leur réveil, éblouis, mes Esclaves verraient la preuve de mon zèle à les servir. Pour mieux observer le spectacle de leur surprise et de leur gratitude, j'allai me cacher dans un coin où je ronronnai d'aise, imaginant déjà leur propos : « Oh ! le cher petit chat, brave, utile, gardien du foyer, défenseur de notre repos. » Ah ! bien oui ! Vraiment ! Ce fut réussi !... Je n'aurais peut-être pas dû croquer la tête de la souris. On ne peut penser à tout.

Le réveil sonna enfin ! Il se leva encore tout endormi, ébouriffé, les yeux à peine entrouverts et... posa son pied sur le cadavre. Le cri qu'Il poussa ! L'aurait-on écorché qu'Il n'eût pu crier mieux. Elle se réveilla d'un bond. Je crus qu'Elle allait rire. Non. Elle fronça ses magnifiques sourcils tandis qu'Il lui disait :

— Regarde ! Regarde sur quoi j'ai marché, regarde ce qu'a fait ton...

Trésor, amour, gardien du foyer, défenseur de mon repos ? Pensez donc ! Il trouva pour moi des mots que je n'ose répéter et dont je préfère ne pas me souvenir. Mais le pire, c'était qu'Elle ne souriait toujours pas. Elle disait bien :

— Calme-toi ! Ne te mets pas dans des états pareils. Je vais nettoyer ça. Il a cru bien faire. C'est son instinct, sa nature.

Mais Elle n'avait pas un regard pour moi, pas un mot, ni un geste pour m'assurer que nous étions toujours complices et amis. Quand un peu plus tard je vins me frotter à son mollet dodu, caresse qu'Elle aimait, qui commençait par la semonce d'un coup de tête et se prolongeait doucement, lentement tout le long de mon corps glissé contre

Elle et jusqu'à la pointe de ma queue. Elle me repoussa froidement par un « Ah non ! » sans réplique.

Les jours suivants, Il feignit de m'ignorer. Elle s'occupa de moi, fit preuve de tendresse. Mais il y avait maintenant entre nous une distance que je ne pouvais ni franchir ni combler.

En ce monde que les hommes ont fait à leur image, rien n'arrive jamais que par miracle. Un soir, j'étais seul et triste me disant : tu n'as pas de chance, un pauvre chat mal aimé, trois mois de vie, trois mois de malheur. Et un peu pour ponctuer ma phrase intérieure et mimer sa mélancolie, je bondis mollement dans la corbeille à papiers. J'étais à l'abri dans ce monde circulaire et qui m'enveloppait bien. Il y faisait sombre et surtout, j'y trouvai des feuilles de papier froissées. Ce fut un grand réconfort. Je jouais sans gaieté, mais ma tristesse devint douce et poétique. Je versai quelques larmes sur mon sort et m'endormis dans leur chaleur. Je dus dormir longtemps. La pitié de soi est une bonne berceuse.

Je me réveillai enfin et à certains signes, une certaine qualité de lumière et de silence, je sentis qu'il était tard. Au loin, une voiture appela et par l'ampleur que prit ce son, je compris la profondeur de la nuit qui pesait sur New York et qu'Elle devait dormir depuis longtemps, que je restais seul avec Lui, enfermé dans son bureau. Je n'entendais que le grattement monotone de la plume sur le papier. La lumière chaude de la lampe effleurait ma cachette sans y pénétrer ; autour, de grandes ombres. Dans le souvenir, la scène est paisible, mais alors, quand j'eus compris où je me trouvais, j'eus peur. Vu l'état de nos relations, rester en tête-à-tête avec Lui ne promettait rien de bon.

Comment fuir sans être vu ni entendu ? Blotti dans ma corbeille, j'élaborais les plans d'une retraite précipitée. Seulement, il y avait le papier froissé auquel chat de trois mois jamais ne sut résister. Malgré moi, j'en poussai un de la patte qui eut l'air de fuir et alors, bien sûr, je lui bondis dessus, mais ce bond fit voler un troisième que je saisis et qui, se déchirant, devint deux papiers vifs et agiles... Trop tard ! Le fauteuil avait grincé et Son pas se rapprochait. Mon cœur cessa de battre. Je me fis tout petit dans le fond de la corbeille, dissimulé sous les papiers et levant vers Lui des yeux exorbités par la crainte et par l'étonnement. Je le vis paraître au-dessus de moi et Il me parut immense. J'étais sûr qu'Il allait gronder, me frapper peut-être, en tout cas me chasser. Il se pencha. Alors se produisit le changement. Peut-être venait-il d'écrire une page tendre ou qu'une pensée d'amour l'avait traversé ? Je l'ignore et ne veux pas le savoir. Pour moi, son premier sourire d'amour est un miracle et j'entends le garder tel. Il dit :

— Boubou ? Que fais-tu là ? Ecoute, petit, qui t'a inventé ? Comment, pourquoi le Bon Dieu a-t-il créé un jouet comme toi ?

Il m'avait sorti de la corbeille avec un mélange de tendresse et de maladresse qui était bien émouvant. Il me tenait à bout de bras, près de son visage, à la hauteur de ses yeux. Je faisais encore semblant d'avoir peur, mais maintenant, c'était pour le charmer. Il me caressait, me frottait contre sa joue et répétait :

— Mais qui a pu t'inventer ? Raconte-moi. A quoi sers-tu ? Qui t'a imaginé ?

Je ronronnais. Nous restâmes longtemps ensemble, Lui à me répéter ses questions idiotes, moi à savourer mon bonheur enfin conquis.

Etre aimé est bien. Gouverner est mieux. De l'un à l'autre, le chemin est plus périlleux qu'on ne le croit et j'en connais beaucoup qui se sont perdus en route. Pour moi, ce fut le fait d'un bond : un coup de génie. On m'aimait donc. On m'entourait d'attentions et l'on me permit beaucoup que jusqu'alors on m'avait défendu. Je pus dormir sur le lit, entre eux ou à leurs pieds. Je pus m'installer sur la table et présider à leur repas. Mais enfin, quand je déchirais les rideaux de mes griffes ou renversais un pot de fleurs, on m'adressait des mots durs qu'accompagnait parfois une tape sur l'arrière-train. C'était humiliant.

La musique me sauva. D'un goût sûr, on peut tout attendre. Malgré la mode, je suis insensible aux baroques italiens. Mes Esclaves aimaient Vivaldi et restaient sourds à mes remontrances. Un soir, alors qu'ils remettaient pour la troisième fois le Concerto pour hautbois, je décidai de me venger. J'attendis la fin du disque et quand, l'ayant ôté Il l'eut posé sur une chaise, je bondis dessus et m'y fis les griffes. Il poussa un cri et je reçus une tape assez vive pour me faire tomber à terre. Je me fis mal et en me relevant je boitais un peu. C'était là le coup de génie !

— Regarde, cria-t-Elle, comment n'as-tu pas honte ? Il boite. Et si tu lui avais cassé quelque chose ?

La voie était tracée. Je boitai trois fois plus et bientôt je m'assis en miaulant plaintivement.

— Ne dis pas de bêtises. Je n'ai pu lui faire mal, affirma-t-Il, mais sa voix était mal assurée et j'y reconnus l'inquiétude.

Pour lui ôter tout espoir, je refis trois pas, mais cette fois, sur trois pattes. Puis je m'assis de nouveau, levai la tête le plus innocemment du monde et tout en miaulant, je fixai sur eux mes yeux agrandis par la douleur et l'étonnement, comme pour leur dire : « Ah ! mon Dieu ! Qu'est-ce qui m'arrive ? »

Maintenant, Ils étaient accroupis sur le plancher à côté de moi.

— Tu es une brute. Tu ne mesures pas ta force. C'est encore tout petit, tout fragile !

— Mais c'est impossible ! Je l'ai à peine touché. Et puis, il avait abîmé le disque.

— Maintenant, tu es bien avancé : tu as un disque rayé et un chat cassé.

— Je n'ai rien pu lui casser. Enfin, Boubou, aide-moi. Graf Bouby, dis que tu n'as rien de cassé.

Pas si fou !... Pour le désespérer mieux, je remiaulai tout à fait comme si j'avais dit « J'ai mal, pourquoi ? »

Ah ! ils n'étaient pas fiers à me supplier de leur pardonner, de ne plus avoir mal, de tout oublier. J'attendais la condamnation de Vivaldi, mais ce fut autre chose qui vint et qui m'inquiéta.

— Il faut téléphoner à un vétérinaire.

— A cette heure-ci ? Tu n'y penses pas. Personne ne viendra.

— Mais demain il sera peut-être trop tard. Et puis, je ne pourrai pas dormir. Tant pis. J'essaie.

Et Il se saisit du Bottin. Les choses se gâtaient, car enfin je n'avais rien et un vétérinaire ne mettrait pas longtemps à s'en apercevoir. Je refis quelques pas en boitant moins et sans gémir.

— Regarde ! Ça va mieux. Attendons demain.

De nouveau Il était à quatre pattes à mon côté.

— Dis, Boubou, c'est vrai que tu n'as plus mal, que tu vas mieux ?

Mieux ? Pas tant que ça. Je connus alors des moments difficiles qui exigèrent de ma part du tact et de l'intelligence. Il fallait boiter assez souvent et assez fort pour que le remords ne Le quittât pas, ni l'inquiétude, sans pour autant Le pousser à reprendre le Bottin. Le jeu était épuisant, mais le pouvoir était à ce prix. Je les torturai ainsi plusieurs jours, boitant, miaulant et opérant un brusque rétablissement dès que l'on mentionnait le vétérinaire. Parfois, il est vrai, j'oubliais et gambadais allègrement. Leurs cris de joie me rappelaient à mon devoir. A peine avaient-Ils eu le temps de s'exclamer : « C'est fini, il n'a plus mal » que je reboitais déjà.

Ensuite, les choses allèrent de soi. Je ne pus entraver leur goût pour Vivaldi, mais pour l'essentiel, la question du pouvoir ne se posait plus. A peine élevaient-Ils la voix ou la main que je me découvrais une patte arrière plus courte que l'autre. La honte les prenait. C'était gagné. J'étais le maître.

3.

Se vuol venire nella mia scuola

L'ordre ainsi établi, j'eus le temps de penser à mille choses autrement, en profondeur et d'abord, de me rencontrer. L'événement se produisit un matin, alors que le soleil entrait par la fenêtre ouverte, bousculant le rideau et posant, en dix endroits, ses doigts vifs que je poursuivais sans succès. Soudain, alors que je bondissais sur un pan de lumière qui m'échappa, je vis fuir, aussi agile que le soleil du matin, le long du mur, un chat. D'où venait-il ? Je refis le saut. Plus de chat. Je revins en arrière là où j'avais pris mon premier élan : le voilà ! Au coin droit du mur, un chat s'apprêtait à bondir. C'était indéniable, très troublant.

Je fus accablé : à quoi bon régner sur une province où des rivaux peuvent sortir du mur à tout moment et à quoi rimait mon combat et mon triomphe s'il suffisait à mes Esclaves, pour secouer mon joug, d'introduire dans la place un tyran rival ? Il fallait le connaître. Je fis un pas vers lui, et lui vers moi. Dans sa pose, dans ses oreilles couchées, dans son petit mufle pointé et ses yeux agrandis, je trouvais une curiosité insolente. Je fis le gros dos, prêt au combat. Il fit de même. La mesure était comble. Pour qui se prenait-il à la fin ? Pour moi ? Je fonçai sur lui ; et lui sur moi. La patte haut levée pour frapper. Nos pattes s'abattirent ensemble et ne se touchèrent pas.

A en juger par l'expression que je lui vis, il en fut plus mortifié que moi. Tandis que je reculais, il rampait à reculons. Je crois qu'il avait peur de moi. Je m'assis, repliai ma queue et me mis à réfléchir. Il voulut m'imiter encore, mais cette fois, son effort n'aboutit pas. Pour un chat aussi petit, pasticher la pensée était ridicule, rien de plus. Je le lui dis sans ménagement... mais je crois bien qu'il me dit la même chose. Il était insolent et pourtant je ne pouvais me défendre contre une sorte de sympathie que m'inspirait l'intrus. D'abord, il était très beau. Ensuite, s'il avait eu tort de m'imiter tout à l'heure dans la réflexion, il était indéniable que ses yeux brillaient d'intelligence et d'esprit, que ses moustaches et ses sourcils frémissaient de sensibilité. J'eus l'impression que notre sympathie était réciproque, ce qui me fit plaisir un moment — qu'il partagea. Ensuite, je me souvins que c'était un intrus, qu'il parviendrait, beau et sensible comme je le voyais, à se faire aimer de mes Esclaves et que mon pouvoir serait compromis. Je bondis sur lui. Mais lui, sur moi. Nous nous heurtâmes du front et retombâmes étourdis l'un et l'autre. Pourtant, cette fois encore, nous ne nous étions pas touchés.

Perplexe, je miaulai. Il fit de même. Je n'entendis pas son miaulement, il est vrai ; mais peut-être n'avait-il pas entendu le mien ? Que faire ? Déjà il n'était plus temps car la clef tournait dans la serrure et mes Esclaves entraient dans l'appartement. Je décidai de faire comme si l'intrus n'était pas là. Mon rival étant timoré, n'osant pas quitter l'angle où je l'avais découvert, mes Esclaves ne le découvriraient peut-être pas. De toute façon, je n'avais pas le choix et bondissant au-devant de mes Esclaves, déployant toutes mes grâces, je parvins à les attirer à la cuisine. Je me retournai. Non, l'intrus n'avait pas osé nous suivre.

Seulement, l'homme est une créature instable, travaillé par un mouvement qui le pousse à changer sans cesse de position et d'endroit. Bien sûr, perché sur deux pattes, on manque d'assise. Il n'est bien pourtant que couché, mais pour obtenir de lui qu'il cède à sa nature et s'étende, il faut plus de force et de ruse que n'en possède un chat. Retenir mes Esclaves dans la cuisine me fut impossible. Comment les détourner du salon ? J'y parvins un instant par un jeu qu'ils goûtaient fort, encore qu'il ne fût pas flatteur pour eux. Nous l'avions nommé ensemble : « Oh ! le monstre ! » Je me plaçais à un bout du couloir. Dès qu'Ils apparaissaient, je mimais la terreur et mes pattes raides, mon dos arqué, mon poil dressé, mes yeux exorbités disaient clairement : le Diable ! Et je détalais, comme si je l'avais vu. Ils riaient. Je revenais et nous recommencions. Ce matin-là, celui de l'intrus, je me dépassai, bondissant dans ma peur feinte et grimpant aux rideaux. Ils eurent le fou rire, déclarèrent forfait et entrèrent au salon.

J'attendis, le cœur battant. Rien ! ni exclamation, ni cri de fureur ou de joie. J'entrai à mon tour et trouvai mes Esclaves en train de prendre le café le plus tranquillement du monde. Ils ne s'étaient aperçus de rien. Puis mon cœur cessa de battre. C'est qu'Il s'était approché du coin où se terrait l'intrus. Debout devant ce mur, Il regardait quelque chose avec beaucoup d'attention, les deux mains à son cou, jouant avec sa cravate. Il n'avait rien vu. Mais alors, que regardait-Il ? Je me glissai doucement derrière Lui. Mon rival était bien là, mais ce que je vis me parut si extraordinaire que je l'oubliai. L'intrus n'était plus seul. Il se glissait entre les jambes d'un Esclave identique au mien qui nous regardait avec sympathie et arrangeait, lui aussi, sa cravate. J'allai me tapir dans un coin et réfléchis si fort que j'en eus mal à la tête.

Il s'agissait d'une fenêtre. J'aurais dû le comprendre au premier contact, ayant rencontré sous mes pattes et au front la substance dure et glissante d'une vitre. Cette fenêtre s'ouvrait sur un appartement identique au nôtre, où vivaient deux Esclaves et leur maître chat, identique à nous. Ensemble, nous faisions les mêmes gestes au même moment, éprouvions les mêmes sentiments et occupions les mêmes situations. Deux répliques d'une même vérité, mais quelle en était la raison d'être ? Nous ne devions pas être les seuls, mes Esclaves et moi, à exister à deux exemplaires. Le monde était ainsi fait qu'il en existait un double, que tout acte ici était immédiatement répété là-bas et qu'il relevait de notre vie même que nous n'y étions qu'une moitié. Ma tête tournait et je la serrai entre mes pattes pour la retenir, car il restait une question impérieuse. Pourquoi ? Soudain, la lumière se fit. Cette fenêtre ouverte sur nous-mêmes nous permettait de nous voir, de nous regarder, de nous connaître. Par elle, je pourrais savoir qui j'étais, me juger et découvrir comment j'apparaissais aux autres. Cette fenêtre ouvrait sur des choses secrètes que j'avais entendu nommer sans les comprendre : la vie intérieure et la morale.

Me connaître enfin ! Je courus à la fenêtre magique. On l'avait déplacée, je ne sais pourquoi, et au lieu d'être dans le mur, elle y était appuyée, formant avec le mur un angle aigu. Je vins à ma rencontre et m'arrêtai à quelques pas de moi. Je fus un peu déçu. Si mon double ne mentait pas, j'étais vraiment bien petit. Je me consolai en me trouvant très beau et irrésistiblement sympathique, des oreilles à la queue. Voir, c'était effleurer seulement. Je voulus toucher, mais mon double se refusait à moi et sous le museau, la griffe et la langue, je ne trouvai que la vitre lisse et glacée. Il devait pourtant y avoir, au-delà de l'apparence, une essence Graf Bouby. Je commis l'erreur de la croire située derrière l'apparence et j'y mis la patte. C'est-à-dire que je glissai une patte derrière le miroir pour aller y chercher l'essence de ce double qui se refusait. Je ne rencontrai que le vide ; mais à cause de l'angle malheureux qu'il formait avec le mur, le miroir était en équilibre instable. Il glissa, tomba, se brisa et faillit bien me tuer. Epouvanté, je me réfugiai dans la cuisine, tremblant des oreilles à la queue. Voilà comment j'ai failli mourir comme Narcisse pour avoir voulu m'atteindre directement.

Mieux vaut passer sous silence les scènes que l'on me fit pour ce malheureux bout de verre. Le souvenir en est humiliant. Mieux vaut bondir tout de suite à l'expérience suivante qui me fit découvrir d'autres miroirs, m'inspira de bonnes pensées et me guida plus avant sur le chemin de la sagesse dont je jouis aujourd'hui. Mon Esclave avait une étrange habitude. Elle commençait par faire une toilette singulière découvrant, pour s'en vêtir, des pulls assez sales et troués, des pantalons rapiécés, des savates éculées. Ensuite, Elle détruisait sa coiffure et emprisonnait ses cheveux dans deux élastiques malseyants. Ainsi déguisée, Elle se plantait devant une toile blanche et s'y mirait. Sa mine était soucieuse, comme si Elle avait eu du mal à se reconnaître. Elle s'approchait et touchait la toile, reculait, penchait la tête avec satisfaction ou au contraire, en se mordant les lèvres. Cependant, les pensées tournaient dans ma tête comme je le faisais autour de ses jambes. Si c'était un miroir, qu'y voyait-Elle et pourquoi le toucher avec le pinceau ? Je conclus qu'Elle voulait corriger son reflet et l'embellir. L'idée me parut plaisante et je crus pouvoir l'adopter. Si je pouvais grossir un peu, mettons décupler l'image que je trouvais dans le miroir, y ajouter une crinière rousse, me faire les yeux grands et noirs, les crocs longs et brillants, la queue blanche et vert pomme, le front ravagé par le génie, l'effet serait saisissant. Si d'autre part j'avais interprété correctement les liens qui unissent les deux côtés d'un miroir, je ne tarderais pas à ressembler au lion bigarré que j'imaginais. Les autres alors me verraient tel que je suis. La vérité apparaîtrait.

J'allai voir les tubes dont elle se servait. Bossus, contrefaits, crevés par endroit, ils n'étaient pas séduisants et la pâte molle qui en sortait me dégoûtait. Mais si le lion est à ce prix, si grâce à eux j'allais devenir celui que j'étais et obtenir la reconnaissance de tous ? Je saisis un tube, y mis la patte.

— Bouby ! Cochon !

« Cochon ! tu vas voir, pensais-je. Tu diras lion bientôt et avec crainte » et je sautillai jusqu'au miroir qui avait remplacé celui que j'avais brisé. J'y appliquai la patte grasse, obtins une tache et rien de plus. Ma déception tourna vite à la peur quand je m'aperçus que j'avais été si maladroit que, loin de transformer mon double en lion, je l'avais éborgné. Il me regardait d'un œil avec effroi. Que faire ? Je fermai l'œil gauche et, borgne, je revins me frotter aux jambes de mon Esclave.

— Qu'as-tu Bouby, tu as mal à l'œil ?

Hélas, pensais-je, si tu savais ! Toi qui étais si fière de ton chat, qui aimais son regard noble et câlin, ses yeux !

Elle m'interrompit d'un cri :

— Bouby, cochon !

Elle s'était précipitée sur le plancher pour le nettoyer de la peinture perdue en route et ensuite vers le miroir qu'elle astiquait. La tache disparut. Je rouvrais prudemment l'œil borgne. Il se portait à ravir, si bien que du droit ou du gauche, je ne sus bientôt plus lequel j'avais cru perdre. On me frotta la patte avec un produit qui me brûlait. On me gronda. On me traita de cochon. A propos, à quel chat ressemble donc un cochon et qu'est-ce au juste et pourquoi et comment le devient-on si vite et cesse-t-on de l'être bientôt ? Qu'importe ? Je ronronnais. Qui a cru perdre les diamants de sa tête se moque du reste. Je gardai mes beaux yeux et décidai que je n'étais pas doué pour la peinture.

De l'air ! Les miroirs ont déjà failli me coûter un œil et la vie. Sautons vers la fenêtre. Un jour, on l'ouvrit et on me posa sur le rebord. Je me revois : Boule hérissée, oreille couchée et queue basse. Le vent vient me cingler le visage, le ciel me mord aux yeux. Là-haut se promène un énorme animal mou qui paraît bâiller et se laisser porter vers le soleil.

— Allons, Bouby ! Courage !

On me pousse, une tape sur les fesses et me voilà contraint de sauter sur le toit qui s'ouvre là. La fenêtre se referme. Je reste seul. J'en tremble encore.

Un chat ne devient chat qu'après l'épreuve du toit. C'est pour lui le moment de vérité. J'appris là combien l'univers est immense et combien j'étais petit. Ensuite vint une ombre, tantôt bolide et tantôt croix qui balaya les tuiles. Croix, elle glissa à portée de ma patte et quand je l'eus frappée, bolide elle fila vers l'autre bout de l'espace, revint, croix de nouveau, repartit, bolide. Enfin, l'oiseau se posa sur le rebord de la fenêtre et commença une conférence à laquelle je ne compris rien. Il gonflait la poitrine, imprimait à son corps un mouvement de balancier ; bref, il prêchait. C'était désagréable et inutile. Dans un monde bien fait, il n'y aurait que des chats et des hommes pour les servir et les aimer. Pourquoi des oiseaux ? Pour meubler le ciel, c'est insufissant. Et puis, il n'y avait qu'à le faire plus bas. Pourtant, le bavard ne m'était pas indifférent. Son existence répondait à je ne sais quel désir de mon cœur. Je m'imaginai approchant le moineau et le serrant contre moi. D'abord, pour le faire taire, mais ensuite, ce corps chaud, ce cœur qui bat, trois gouttes de sang sur sa robe. Cette fois, j'avais compris.

L'emplumé m'avait compris, lui aussi. Je lus la peur dans ses yeux et sa conférence s'arrêta brusquement. Il se jeta dans le vide, en gravit d'un bond les degrés et disparut. Raté ! Mais la peur de l'oiseau me fit du bien : j'étais donc terrible. L'univers m'en parut moins effrayant. Je lui fis le gros dos, le frappai de mes griffes. Il n'osa pas répondre : un pleutre ! me dis-je, et cessant de craindre, je me mis à gambader. Pour oublier qu'on est proie, le mieux est de se faire chasseur. Mais l'on obtient rien ici-bas qu'on ne doive payer aussitôt. Un chasseur est bien seul dans ce monde auquel je venais d'arracher le masque. Comme il n'était qu'un masque, il ne me restait rien. Je bâillai. Avoir peur du monde c'est l'éprouver encore. Ensuite, il devient indifférent. Qu'il aille où bon lui semble ! Je rentre chez moi.

A ma deuxième visite du toit, j'y trouvai seulement un vieux journal. Je n'aime pas cet objet : son papier est déplaisant, impropre au jeu, sans vraie drôlerie. Je tournais autour de celui-ci qui était vieux et ridé, avec ennui, avec dégoût. Qu'on juge de ma surprise quand soudain il devint Dragon : ses yeux, deux boules de feu, son front hérissé de lances, sa langue, une flamme et une massue pour queue. Il m'observait et dans la braise de son regard je lus ma perte. N'écoutant que mon cœur valeureux, je m'élance, mais sa queue siffle si près de ma tête que je n'ai que le temps de fuir pour éviter le coup. Il bondit, avide de sang. Je dois reculer et déjà je sens le nuage noir de la mort m'envelopper. Je serai donc vaincu et lui s'enorgueillira de ma dépouille ? La honte décuple mes forces. Mes griffes sont innombrables et frappent de tous côtés. A son tour, il recule. La balance est immobile dans la main des Dieux. L'espoir renaît dans mon cœur. Je fais un bond prodigieux et trouve sa nuque. Son sang noir s'écoule, il dit : « Je t'implore pour ma vie. » Mais j'étais sans pitié et l'achevai dans un cri de triomphe.

Après quoi, fatigués, nous causâmes un peu. Il vanta mon courage et je fus sensible à son compliment. J'aurais volontiers poursuivi cette conversation, mais je commis la faute de songer aux bienfaits de l'imagination et de féliciter la mienne de m'avoir offert ce dragon. Il redevint aussitôt un vieux journal. Peut-être aurais-je trouvé un aphorisme à inscrire sur la tombe de mon adversaire si une caresse déplaisante n'avait alors parcouru mon corps. On m'avait touché discrètement en deux endroits de la tête et du dos. Tout s'était passé dans le silence. Bien caché maintenant, on riait de moi sous cape, sans bruit.

Etait-ce l'imagination encore ? A tout hasard, je lançai mes griffes un peu partout. Elles ne rencontrèrent que le vide. Je m'assis, ma queue autour de moi en un arc élégant pour réfléchir mieux. Alors j'entendis un rire discret courir sur le toit et en même temps, se posèrent de nouveau sur mon corps et ma tête des doigts légers et froids. Je bondis, griffai, mordis les quatre coins de l'espace et promis la mort à qui oserait se moquer de moi. On rit plus fort ou bien le rire courut plus vite, mais le rieur demeura invisible. Et le rire s'étendait, gagnait le toit tout entier, sautant sur les toits voisins et de là, sans doute, sur la ville. Ensuite, ce fut une clameur et bientôt une armée en marche et des galops. Enfin, je vis les lances argentées de l'adversaire et me ruant sur elles, je les rompis. Mais elles revenaient et pour une de brisée, mille renaissaient. Cerné, transi, je jetai un regard désespéré vers le ciel : un gros nuage noir rampait au-dessus de New York sur les pattes innombrables que je fauchais en vain. Je dus accepter ma défaite et me réfugier sur le rebord de la fenêtre. Mon poil trempé me collant au dos, mon volume s'en trouvait réduit de moitié. C'est un bien petit chat qui miaulait maintenant à fendre l'âme et mes Esclaves, dans la cuisine, riaient. Je n'ai jamais compris pourquoi.

Après qu'on m'eut frictionné entre deux serviettes, je retrouvai pourtant mon volume et mon appétit. Un peu de lait chaud et je bâillai d'aise, oubliant mes griefs contre mes Esclaves, leur sautant sur l'épaule et me frottant à leur cou. Il faisait sombre. Dehors, la pluie racontait discrètement des histoires, comme au chevet d'enfants qui doivent dormir. Je montai dans le fauteuil qui m'était réservé, m'y fis les griffes et bâillai : « Dieu, qu'on est bien ! » Je savais que de ce bien-être j'étais le seigneur et l'artisan. Un chat qui sommeille et qui ronronne pour répondre à la pluie dans le soir qui tombe tire la maison à soi et la fait ronde comme une sphère dorée. L'espace devient un oreiller où l'on pose la joue, la lumière pèse doucement sur la paupière et la pluie murmure le secret du sommeil. Je jetai un dernier regard sur Eux : Ils étaient assis côte à côte et ensemble Ils se penchaient sur quelque chose qui avait des ailes comme l'oiseau mais ne volait pas. Entre ces ailes devaient grouiller des essaims agiles, car Leurs yeux bougeaient sans cesse et paraissaient fascinés par des exploits qui leur inspiraient tantôt un sourire, tantôt un froncement de sourcil. Je me demandais ce qu'Ils faisaient, mais j'étais trop fatigué pour le découvrir. Je savais que grâce à moi Ils étaient bien, que leur maison par mes soins était chaude et paisible. Je voulus ronronner encore pour les bercer mais déjà mes yeux se fermaient. Je rêvais de mon dragon qui était mort si gentiment. C'était un premier ami. Il m'annonçait tous les autres.

Le lendemain, les jours suivants, j'eus des occasions nombreuses d'observer mes Esclaves devant l'objet qu'Ils entrouvraient, de telle sorte qu'il prenait la forme d'un oiseau volant la tête en bas. Peut-être s'agissait-il de dragons pareils à celui que j'avais connu sur le toit ? Ils paraissaient fascinés, riaient parfois et parfois c'était des larmes qui montaient dans leurs yeux. Ils semblaient être en conversation avec un interlocuteur que je ne voyais pas, mais qui devait être captivant puisqu'Ils en oubliaient tout le reste, même moi. Si c'était encore un miroir, comme les reflets qu'Ils y trouvaient étaient neufs et changeants !

Je n'aimais pas du tout ces moments. C'est qu'il est une place qui me revient de droit et que l'on me refusait alors. Un chat a le droit d'être entre la cuisse droite d'un Esclave et la cuisse gauche de l'autre, car c'est ainsi qu'il goûte la chaleur qui lui appartient, qui est son bien. Or, quand Ils lisaient ensemble, c'était la croix et la bannière pour se glisser entre eux. Je pesais de tout mon poids pour me faire ma place entre leurs jambes serrées. Leurs cuisses se durcissaient et ne cédaient que petit à petit. Et parfois, je perdais en un instant dix minutes de poussée savante, parce qu'au dernier moment, hop, d'une main sacrilège, Ils me rejetaient à terre. Unis, soudés, il leur arrivait d'accompagner leur geste de propos désobligeants : « Fiche-nous la paix ! » On comprendra que je n'aimais pas la lecture et qu'il m'en fallait percer le secret.

Il m'aida. Un jour, Il revint, tenant à la main un paquet qu'Il brandit sous mon museau et après une caresse et m'ayant pris sur ses genoux, Il déclara : « Tiens, Boubou, voilà un livre pour toi ! » Il ouvrit le paquet, sortit l'objet. Sur sa couverture, je vis bien que l'on s'était efforcé de représenter un chat : mal ! Sans odeur, lisse au toucher, plat, mais enfin, c'était bien notre forme élégante. L'auteur était un poète célèbre, m'expliqua mon Esclave, et Il se mit à me lire les poèmes qui célébraient les chats. Le ton me plut, plein du respect qui convient. On dénonçait, il est vrai, certains de nos travers : ici, une pointe de snobisme ; là un goût de la farce un peu grosse ; ailleurs, une lubricité sans retenue. Mais enfin, l'homme connaissait son chat, son rythme était alerte, son style étincelant. Surtout, je compris enfin le livre et la lecture et le sens des signes dont ils étaient composés. Je découvris que les mots pouvaient me conduire là où je n'avais même jamais rêvé d'aller et que, loin d'être une chose morte, ils étaient, tout à fait comme mon dragon-journal, vif-argent, bigarrés, plus agiles qu'un chaton. Si les uns vous rendaient tristes dès que vous y posiez la patte, d'autres au contraire riaient à votre seule approche ou fuyaient, comme le fait le soleil quand sur le plancher on cherche à l'attraper.

Sauter sur l'adjectif et le prendre à la gorge ! Ou bien le mot *gaieté*. Comment oublier le jour où je découvris ce fruit qui me parut pareil à la joue de mon Esclave. Les mots, comme ils sont drôles ! A les prendre, les saisir, les croquer, on ne fait que jouer sans cruauté pour personne. Toujours là, toujours provocants. Voilà la souris dont j'avais rêvé. Certains prétendent qu'il faut s'en méfier. Peut-être, quand l'hiver sera venu. Pour l'heure, c'est le printemps. Laissez-moi en jouir librement, et du mot et de la phrase, et de leur rythme.

J'aimais déjà les mots, mais sans doute n'aurais-je jamais compris leur fin dernière si je n'étais tombé sur *Le Chat Murr* *. On devinera mon ravissement. Ainsi, avant moi, une fois déjà dans l'histoire, un chat avait osé dire *Je* et su se raconter. Je ne fus pas dupe de la supercherie de Hoffmann et je compris aussitôt que tout le livre était de la plume de Murr, que l'histoire du musicien qui s'y mêle représente l'effort de mon vénérable maître pour se voir et se raconter sous forme humaine, pour imaginer enfin ce qu'il eût fait et dit si, au lieu d'être un matou « de manières douces et avenantes », il avait été un artiste perdu parmi les béotiens. « Le grand chat, pensais-je, le Maître Matou. » Et quand j'eus terminé ma lecture, je m'en fus rêver sur le toit. L'ambition naissait. Je la sentis se détacher de ma rêverie et se dresser. Après un siècle de silence, un chat parlerait de nouveau et ce chat serait moi. Voilà pourquoi j'étais né, pourquoi j'avais souffert et aimé.

Le but était clair, mais non le moyen. Car enfin, comment m'y prendre ? Déjà, je songeais au Pacte. Pourtant, s'il fut signé, c'est comme toute chose grande en ce monde, grâce à la rencontre fortuite de la circonstance et du génie — le mien. C'était une nuit. Il devait être très tard, à en juger par le silence qui régnait dans le bureau. On

* *Le Chat Murr* de Hoffmann, écrit de 1819 à 1821, fut traduit par Albert Béguin et publié aux éditions Gallimard dans la collection des Classiques allemands en 1943.

s'entendait penser. Je crois m'être endormi, bercépar le bruit de la plume qui gratte sur le papier. Peut-être fus-je réveillé parce qu'elle ne grattait plus ? En ouvrant les yeux, je trouvai l'immobilité même, comme si le monde s'était arrêté. Pas une fente dans ce silence où glisser la griffe ou un miaulement. Et quand Il commença à déchirer lentement page après page, il me sembla qu'à chaque déchirement nous nous enfoncions encore, Lui et moi. Lui, à son bureau, moi, sur mon divan, nous descendions ensemble vers un gouffre où il ne se passe rien, jamais. Quand Il eut fini de déchirer ses pages, quand Il les eut jetées et qu'Il se figea, je compris que nous avions atteint le fond. Il sembla un moment que nous étions arrivés ensemble à un désespoir qui devait arrêter le soleil, interdire le matin.

Seulement, je suis chat. C'est-à-dire distrait. J'éprouve fortement, mais vite, et ne puis habiter longuement que le sommeil. Le charme tomba d'un coup et bondissant sur son bureau, je me mis à arpenter sa page blanche, la meilleure à les croire, car ils sont tous intarissables sur cette page-là, allant, venant, frottant mon dos de soie contre son nez long et triste. Mes pattes s'imprimèrent sur les pages.

— Des pattes de chat, soupira-t-il.

Il eut un beau geste de poète maudit pour déchirer la page ornée par mes soins. Alors, je le griffai. Mes griffes voulaient son sang et le trouvèrent. Des ruisselets vermeils coulèrent de sa main. Il ne me gronda pas, mais sans rien dire, Il promena sa main au-dessus de la page et son sang, goutte à goutte, y écrivit mon nom : Graf Bouby. Je fis un bond de victoire et crachai, comme pour lui dire : « Tu es à moi ! » Une lueur de crainte s'alluma dans ses yeux : « Tu es le diable ! » ricana-t-il et je ne le contredis pas. C'était signé. Je tenais mon scribe. Puisque de toute façon l'inspiration l'avait quitté, Il n'avait qu'à m'écouter et à écrire mon histoire.

Le Pacte ! « Au travail, au travail ! », criait mon cœur. Je ne songeais qu'à mon projet et soudain je l'oubliai. Que la voix de la passion est forte puisqu'elle vous fait manquer à si noble devoir. Avec honte, je le confesse : si vous m'aviez connu dans les mois qui suivirent, je n'aurais pu vous enseigner, comme dans la chanson,

— Se vuol venire nella mia scuola
La capriola l'insegnero —

que la cabriole.

4.

Voi che sapete

Je ne sais quel soupir. Je ne sais quelle langueur. Un battement d'ailes : c'était le printemps. Je désirais toute chose et surtout, me semble-t-il, le ciel. En de tels jours, qu'il est triste d'être chat, rien qu'un chat ! Mon cœur me disait autre chose : je ne sais quoi. C'est qu'il battait fort et prononçait mal, me coupant le souffle et me vidant la tête. J'étais si heureux pourtant !

A l'aube j'étais nuage ; à midi, ce soleil qui bombe les voilages ; le soir, un dernier rayon mélancolique. Le nuit me trouvait étoile. Etant tout, je n'étais rien. En soupirant, je cherchais, en soupirant j'attendais. Mais quoi me direz-vous ? Quand la poitrine se soulève, allez donc l'interroger ! Je croyais voir des chattes fuir au loin ou bien le ciel que je contemplais miaulait soudain distinctement. Bête ? Si l'on veut, mais est-il bête d'être heureux ? On dit que la sagesse est de savoir se perdre. J'y parvenais alors si vite et si bien que mon souci unique était de retrouver à temps, aux quatre coins de l'espace que j'avais aimés de quatre amours simultanées, de quoi refaire à peu près un chat. Je me roulais dans la nature et jamais nous ne fûmes aussi proches. J'étais elle, elle, moi. Oui alors je fus l'objet d'un amour magnifique et secret. Dites comment je l'ai perdu ? Et vous, avec moi.

De l'autre côté de la rue, passant son museau par la fenêtre, il y avait une chatte. Mon cœur me dit qu'elle était noble, malheureuse et prisonnière. Je composais pour elle des chants d'une beauté déchirante, mais que l'on ne parut pas goûter autour de moi. Dans les nuits chaudes d'où le sommeil s'était éclipsé, quand mes sérénades m'avaient valu les insultes du quartier et que j'avais dû accepter de me taire, je songeais au moyen de délivrer ma belle captive. Je m'imaginais franchissant la rue, forçant sa porte, projeté par l'élan au milieu de la pièce, ouragan parmi les débris du bois. J'imaginais sa peur et son murmure : « Seigneur, ayez pitié de votre servante ! » J'exige de savoir : « Es-tu heureuse ? » Elle tremble : « Sommes-nous nés pour le bonheur ? — Oui, viens avec moi ! » Les maîtres veulent s'interposer ; mes griffes les aveuglent. Elle s'abandonne et, de sa voix de velours « Seigneur, je suis à vous ! » Ah, c'était beau, très beau !

Quand on est jeune, rêver ne peut suffire. Je passai à l'action, mais dès mes premiers pas, je me heurtai à des obstacles imprévus. D'abord, la peur : elle n'avait jamais figuré dans mes rêves et c'était pourtant elle que je rencontrai dès que m'étant glissé hors de notre appartement je me trouvai au sommet d'un escalier que je n'avais imaginé ni si noir, ni si profond. Reculer était pourtant impossible et je me glissai jusqu'au rez-de-chaussée. Là je trouvai une porte close. Jamais je n'ai pu comprendre cette multiplicité de portes dont les hommes aiment à s'entourer. Pour un chevalier qui va délivrer sa Dame, miauler est indigne. Imagine-t-on Lancelot miaulant ? C'est pourtant ce que je faisais. Je croyais l'avoir fait avec dignité, mais la vieille dame qui vint à mon secours m'ôta cette illusion.

— Pauvre petit minet. Oui, la vieille dame va t'ouvrir mon minet.

Ce babillage sénile paraissait ne devoir jamais finir. Mais enfin la porte s'ouvrit. Je reçus la rue à travers la figure. Je lui fis le gros dos. Elle ne broncha pas. Elle aurait dû ; c'était dans les règles, mais il n'y avait qu'à la voir, avec ses poubelles et ses voitures, pour comprendre que le sentiment chevaleresque lui était étranger.

Inutile de taper du pied, de dire « moi, moi, moi », la rue passe et ne remarque rien. Sont-ce des hommes seulement qu'on y croise ? Est-ce par hasard si on les nomme des passants ? Curieuses bêtes, indifférentes, le nez en l'air, que pousse on ne sait quel vent. Il peut arriver n'importe quoi dans une rue pareille ! « C'est ça votre réalité, me dis-je. Eh bien ! gardez-la ! »
Seulement, derrière moi, la porte s'était refermée. Je suppose que les hommes se donnent ainsi le sentiment de l'irrémédiable. Sens unique : je vous dis que je n'aime que les cercles. Il faut qu'une porte soit ouverte ou fermée ! Chez moi, les portes sont toujours entrouvertes, à peine, juste assez pour laisser passer l'arc sinueux, silencieux, d'un chat qui entre, sort, retourne. Entre le retour et mon but, coupant mon chemin, la rue indifférente. Infranchissable aussi. Que faire ? Quand le malheur vous talonne, il faut foncer : c'est ce que je fis. Dans un tumulte de freins qui grincent, d'insultes, d'exclamations, j'atteignis l'autre rive. Pour me retrouver de l'autre côté de la rue, devant... Vous avez deviné. Une porte qui finit par s'ouvrir, mais au quatrième étage il y en eut une autre où je dus attendre et miauler à fendre l'âme. Quand on me laissa entrer enfin, je n'avais rien du chevalier et tout du réfugié. J'avais soif et faim,

j'avais peur, c'est dire que j'étais humble et vite reconnaissant. Même la litanie qui m'accueillit et que je connais par cœur — « Oh ! le pauvre chatounet, il a dû se perdre, le pauvre petit chaton ! » — me fit plaisir. Mais enfin j'aperçus l'objet de mon amour, celle pour qui j'avais tant risqué et m'approchant je lui dis :

— Pour vous j'ai couru des périls sans nombre, pour vous, quitté les miens. Je vous aime, Madame, aimez-moi !

Je reçus une paire de gifles qui m'éblouit et quand je repris mes esprits, le matou disait :

— Non mais, ça vous prend souvent. Ah ! là, là ! Quel monde !

Je présentai des excuses. Tout devint bête et si laid que je fondis en larmes.

— Faut pas pleurer, jeune homme, me dit le matou de sa grosse voix. On se trompe dans la vie. L'important, c'est de s'en apercevoir. Et de ne pas être dérangé. Je ne sais si vous êtes comme moi. Moi, je suis constamment dérangé. C'est très fâcheux. Vous ne trouvez pas ?

— Je ne sais pas. Moi ? On ne me dérange pas, jamais ! Personne ! et je me remis à pleurer.

— Faut pas, jeune homme. Je ne vous en veux pas. Allons, la prochaine fois, ce sera une chatte. Mais je ne puis perdre du sommeil pour ça. Voilà dix minutes de perdues. Ça ne se retrouve pas. C'est très fâcheux !

Il s'endormit et je n'osai le retenir davantage. Pourtant, j'eusse aimé poursuivre l'entretien. Ce matou m'intéressait : le curieux chat ! Ainsi, alors que je rêve rencontres, aventures, il est un chat, et mon voisin, qui ne songe qu'à ne pas être dérangé. Dormir en paix est son souci. Il est vrai qu'on le dérange, mais moi, je suis malheureux. Du dérangement au malheur, il y a loin. Serait-ce un sage ? Je savais que cette sagesse m'était interdite. Serait-ce la paix de l'âme ? Alors mon âme, tu ne connaîtras pas la paix.

Mais tu auras des compensations. J'allai à la fenêtre ouverte. Bonheur, mes Esclaves étaient à la leur, ouverte aussi. Je miaulai.

— Je te dis que c'est lui !

— Non, ce n'est pas lui !

— Si, c'est lui !

— Non !

Ah ! décidez-vous à la fin ! Ils vinrent. Ils me retrouvèrent. On s'embrassa, on se frotta les uns aux autres. On pleura un peu. On se dit les mots les plus doux, on se fit nos meilleures caresses. Cela ne me dérangeait pas du tout. Non. Ce qui me dérangeait, c'est que cela dût finir.

Je décidai de n'aimer que la lune, et sans sortir de chez moi.

Je gouverne, mais seulement dans ce domaine qui m'est soumis. Celui du sentiment. Ailleurs, je ne puis rien. A peine remis de mes émotions, il me fallut quitter ma maison. On était bien chez nous ? Dans leurs têtes que je contrôle mal, Ils en avaient décidé autrement. Européens, leur patrie leur manquait. Moi, quand nous étions ensemble, il ne me manquait rien. Mais l'homme a la tête trop lourde et le cœur mal accroché. Ils décidèrent de rentrer : « Va pour l'Europe ! » pensai-je.

Je me mis à imaginer ce pays et à lui prêter tous mes rêves : ni portes ni rues; tous les chats des chattes et moi, l'unique matou. En Europe, c'est toujours le printemps et chacun a dans la gorge cette langueur, ce soupir... Ce que je n'avais pu prévoir, c'est l'abandon. Car on m'abandonna ; non pas pour toujours, pour un mois ou deux seulement. N'était-ce pas raisonnable ? Je dis que c'est insupportable et me moque de vos raisons. Quoi, notre vie est si brève, le temps d'aimer si court ! Ce n'est tout de même pas pour voyager qu'il nous fut donné, moins encore pour y parler raison. Pour être heureux, simplement, et y songer ensuite dans une éternité ennuyeuse, avec un sourire ému et condescendant.

— Il faut nous pardonner, Boubou. Nous allons chercher une maison pour toi. Dès qu'elle sera prête, tu nous rejoindras.

Et pour me dorer la pilule, toutes les caresses.

Mais puisqu'on en a une de maison, pourquoi chercher ailleurs ? Non ! A les en croire, on était bien, mais ailleurs on serait mieux. Ce goût du mieux nous conduit tous à notre perte. Heureux ne se conçoit que sans comparatif.

— Tu aimeras l'Europe, tu verras ! En attendant, tu seras bien.

Comme si l'on pouvait être bien, loin les uns des autres ! Il n'y a pas plus bête qu'un homme.

De leur absence, il est vrai, je n'eus pas à me plaindre. Je tombai sur une poire ! Jamais il n'y en eut de plus mûre ou de meilleure. Fondante. Au premier abord, très grande et longue, prolongée encore au sommet par une construction ovale qui était un résumé de nature et où l'on voyait un oiseau picorant du raisin, ma tutrice m'impressionna. Sa voix de basse ronflait, mélodieuse, un peu éraillée parfois. Mais quand elle eut posé sur moi ses longues mains ornées d'améthystes et que j'eus senti ses doigts humbles et aimants, je compris à qui j'avais affaire. La pauvre ! C'est littéralement que je lui marchai sur la tête. Sans défense, elle ne pouvait que gémir de sa basse d'Opéra : « Bouby, Boubelein, s'il te plaît ! » Parfois j'avais pitié d'elle, parfois non.

Je me suis bien amusé à ses dépens. Si elle sortait une paire de bas, je m'y faisais les griffes aussitôt. Elle ne protestait pas, considérant sans doute, dans son idyllique cervelle, que j'avais droit à ma paire. Une pour moi, une pour elle. Elle en sortait une autre docilement, mais comme j'avais fini de déchirer la mienne, je me jetais aussi sur la paire neuve. Elle grondait de son tonnerre suppliant : « Boubou, sois raisonnable » et allait s'enfermer dans la salle de bain pour enfiler ses bas. Je pouvais la griffer et la mordre. Elle se disait qu'il est dans la nature du matou d'être méchant et se contentait de soupirer. Je me promenais sur la table, mangeais dans son assiette, buvais dans son verre. Ses amis se moquaient d'elle. Elle riait de bon cœur, trouvant alors les notes les plus basses de la gamme et grondait : « Que puis-je faire ? » De fait, qu'y pouvait-elle ? N'étais-je pas matou ? Des prolongements abusifs qu'elle appelait « chapeau » je faisais mon lit. Imperturbable, elle allait en acheter d'autres plus abusifs encore. Dans son appartement, il n'y avait qu'un fauteuil qui fût confortable. Je m'en emparai. Elle soupira un peu, fit gronder quelques tonnerres très doux, mais n'osa jamais m'en chasser, ni même m'inviter à lui céder la place. La pauvre ! Je lui ai joué bien des tours. Je m'en repens ; je voudrais qu'elle le sache et aussi que je l'aime fidèlement.

Ensuite, je passai aux mains d'un Géorgien. Derrière de terribles moustaches noires, il cherchait à cacher un visage de bébé. Lui aussi était une poire, mais d'un genre différent. Il aimait prêcher.

Il suffisait de l'écouter ; avant, après, on pouvait faire ce qu'on voulait. Par exemple, je viens de renverser et briser un vase de fleurs. Il ne ramasse pas les débris ; il ne gronde ni ne frappe. Il me prend calmement, me soulève et me dit :

— Mon frère chat, il faut que nous parlions un peu ensemble. C'est ainsi.

Il me pose au milieu de la table, ouvre la bouteille de Bénédictine, se verse un verre qu'il avale d'un trait, s'en verse un autre qu'il tient dans sa main et où il trempe parfois les lèvres et, bien à l'aise sur sa chaise :

— Mon frère chat, il faut me comprendre. Je suis un homme paisible. J'aime vivre et laisser vivre. Mais tu dois me comprendre, il est des choses impossibles. Prenons un exemple : j'ai soudain envie de marcher sur la queue d'un chat. Qu'est-ce que je fais ? Je marche sur ta queue ? Non, je me dis, il ne faut pas, et je prends un autre verre de Bénédictine. Voilà la vie en société, la civilisation ! Ce sont de grandes choses. Maintenant, prenons un autre exemple…

L'important était de ne pas s'endormir, parce qu'il tenait à son interlocuteur. Heureusement, la Bénédictine avait sur lui un effet soporifique et il n'avait pas fini la bouteille qu'il ronflait déjà. Nous dormions ensemble. C'était plaisant.

On l'avait chargé de mon expédition. Pour cela, il fallut une caisse spéciale qu'il se procura. Il l'apporta, l'ouvrit. Nous la regardâmes ensemble, tristement. Il me dit :

— N'empêche, c'est une drôle d'idée d'être chat. Si tu étais un homme, ce serait autre chose : un fauteuil, un verre de Bénédictine, un cigare. Ensuite, tu dors un peu. Voilà qui est civilisé. Tandis que toi, pauvre petit, ils vont t'enfermer dans cette caisse. Ecoute, je vais y mettre des conserves et un ouvre-boîte. Bien sûr, tu ne sais pas t'en servir, pauvre créature du Bon Dieu. Mais si l'avion tombe et que tu survives tu appelles le premier passant. Il t'ouvre une boîte et comme ça au moins, tu ne mourras pas de faim.

L'attention était touchante, mais je n'étais pas rassuré quand il me remit aux employés de la compagnie Swissair. Nous nous quittâmes amis. Il fut bon pour moi. Je lui envoie mon meilleur souvenir.

Dès qu'on eut fermé la caisse, je me dis « Le bonheur est au bout. » J'avais décidé de me répéter cette pensée aussi souvent qu'il le faudrait pour me donner du courage, car je savais que j'allais avoir peur. Mais l'imagination est pauvre. J'avais prévu le noir, la solitude, mais non les deux tempêtes qui se levèrent dès qu'une porte lourde, grinçante, se fut fermée. Je dus renoncer à ma phrase sur le bonheur qui m'attendait. Prononcée par ma voix tremblante, hachée par mes dents qui claquaient, elle était sinistre. Adieu maxime, adieu pensée : j'appelai à l'aide. En vain ! Je n'étais plus Graf Bouby, un être charmant, fin, sensible aux caresses. J'étais un colis parmi d'autres. Ni l'air, ni la lumière n'existaient pour moi.

Les tempêtes grandirent, se précisèrent, comme si elles me visaient. Puis nous, colis, fûmes collés les uns aux autres, tandis que la boîte qui nous emportait dans son ventre se levait lourdement et grinçait. On m'avait mangé, c'était fini. Je ne reverrais plus mes Esclaves. Aveugle, j'errais dans ma caisse et me heurtais aux parois. Trois pas et déjà je donnais de la tête contre le mur de ma prison. Parce que je ne pouvais sortir, parce que je ne pouvais espérer, mes forces se retournaient contre moi pour me mordre. « Qu'as-tu fait de ta vie ? », me demandait-on, dans les bruits funèbres des grincements et craquements. Il me semble que j'aurais pu répondre. Je ne trouvais rien et miaulais plaintivement. Bientôt, je n'eus plus de voix. Plus tard, dans ma tête il n'y eut plus une pensée. Un vide noir, étroit, pareil à celui où je tournais en rond. Ils avaient fait de moi un colis. Je ne pouvais être innocent puisqu'on me punissait. Mais quel crime avais-je commis ? J'avais parfois boudé, parfois souhaité mourir et j'avais regretté d'être né. Pardon ! Pitié ! Je jure que si vous me rendez le jour et la liberté je ne me plaindrai plus jamais, que je serai la gaieté même, le bonheur et un ornement pour votre vie. Personne ne me répondit. Le Dieu qui écoute, pardonne, rend l'espoir est pour ceux qui marchent libres sous son ciel. Je n'étais qu'un colis pour tous, même pour lui.

J'avais envie d'uriner et mal à force de me retenir. Bientôt, je me demandai pour qui, pourquoi je devais encore prétendre être un chat bien élevé et courtois. Je me dis : tout t'abandonne, abandonne-toi. L'urine était chaude et me bordait. Ensuite, ce fut pire et je ne résistai à aucune des envies qui me prenaient. Je ne pouvais enterrer les matières ignobles qui me parlaient de moi : un vaincu qui, dans le noir et la puanteur, savourait sa défaite et son humiliation.

Ma caisse se mit en mouvement : on la levait, on la sortait. Le désespoir me saisit soudain et je me mis à bondir, me heurtant contre le bois, retombant à nouveau. Soudain, il me fallait ma liberté, tout de suite, à l'instant même, ou alors, à l'instant même, la mort. J'ai dû m'assommer et quand je revins à moi, ce fut de nouveau — je vous l'ai dit, cette vie est magnifique — le miracle. J'entendis Sa voix. Elle n'était pas douce car Elle était en colère.

— Enfin, Monsieur, j'ai un télégramme avec le numéro de vol !

— Ah ! Madame, ce sera une blague ! Aujourd'hui, c'est le 1er avril. Alors, on fait des blagues.

— Je me moque de la date. Je vous dis que mon chat est ici.

Et comment que je suis ici, mon amour ! Attends un peu. On va lui montrer à ton Suisse ! De toutes les forces qui me restaient, je miaulai.

— C'est lui, cria-t-Elle. C'est lui, c'est Boubou ! et je l'entendis danser sur place. Vite, vite, s'il vous plaît ! Mon chat vient d'Amérique. Il étouffe, il est malheureux ! Vite !

Je sentais qu'Elle était au bord des larmes et de l'apprendre me calma un peu.

— On va vous le sortir sans autre, disait l'employé avec un accent traînant qui me mettait les nerfs en boule. Alors comme ça, il était loin ?

Enfin ma prison s'ouvrit. Je vis le jour et je La vis. Je bondis, superbe, queue à la verticale pour L'impressionner et lui faire entendre que les voyages me laissent indifférent.

— Pauvre petit chat, dit-Elle.

Dans le taxi, nous nous aimâmes. Quand je songe à l'état où j'étais, sale, crotté, je me dis que son amour est grand pour m'avoir aimé alors et j'en ronronne de bonheur. Le spectacle de nos retrouvailles finit par intéresser le chauffeur de taxi.

— Pardon, Madame. Je me demandais : les chats, c'est moins cher en Amérique ou bien ?

— Non, expliqua-t-elle, avec son beau rire fruité, ce n'est pas que cela soit moins cher. Le prix d'un chat, c'est le sentiment qu'on lui porte…

Je lui léchai la main pour la remercier de cette bonne parole. La phrase mit quelque temps à atteindre notre homme, mais quand elle l'eut pénétré, elle produisit sur lui un tel effet qu'au feu rouge, ayant arrêté la voiture, il se tourna vers nous et dit avec quelque chose dans la voix qui ressemblait à de l'émotion :

— Vous avez raison, Madame. Et pour les hommes, c'est la même chose, ou bien ?

Il doit y réfléchir encore.

L'Europe ? C'est gentil. Par la fenêtre, je voyais des toits rouges dégringoler vers un lac changeant. Acier un moment, il était brume ensuite et parfois se bombait, parcouru alors de vagues noires à l'échine d'écume. Les toits me plaisaient parce que chacun avait choisi son angle pour tomber vers un lac. J'aimais aussi les cloches et la cathédrale voisine, encore que je ne sois jamais parvenu à comprendre à quelle règle obéissait le bedeau, ni la manière dont il découpait le temps. A moins cinq, il s'emportait, se calmait ensuite. A onze heures vingt, c'était du délire. Et à midi, l'heure du bedeau semble-t-il, il ne pipait mot. Pourtant, il y avait là une règle ; comme pour les toits. Imagine t-on une fantaisie rigoureuse, des improvisations strictes ? Voilà l'effct que me fit l'Europe quand je la découvris de ma fenêtre, un jour, mi-soleil et mi-pluie, vers la fin du mois de mai.

Notre appartement était vieux et sous la commode, derrière le lit, près du poêle, je croisais des odeurs savoureuses, émouvantes, pareilles à un labyrinthe qui s'enfonçait loin dans le temps. Du plancher qui craquait, du mur venaient des bruits anciens, rassurants comme la toux ou l'éternuement d'un aïeul. Tant de gens avaient vécu avant nous dans ces lieux qu'ils paraissaient vous accompagner discrètement et qu'on ne s'y sentait jamais seul. J'aurais pu être heureux, mais le temps d'épreuves écoulé, je retrouvai mon âge et mes désirs. J'appelai la femelle de l'espèce et j'écrivis « je t'attends » au pied d'un fauteuil, sur un parapluie, dans un chapeau et même sur le manuscrit de l'Esclave qui, insensible à l'honneur, s'obligea à récrire la page en entier. Bientôt toute la maison fut un appel : « Je t'attends » disait la poubelle à l'entrée ; « Je t'attends » répétaient chaque marche de l'escalier, les paillassons, les portes, et ainsi jusqu'au grenier. On en avait le souffle coupé. Pourtant, elle ne venait pas. Je rêvais à une chatte avec de la lune plein les yeux. Je ne lui aurais fait aucun mal, sachant trop qu'elle ne pouvait partager mes désirs. Nous nous serions promenés ensemble, sans nous toucher, en parlant de choses qui font battre le cœur. Pour elle, j'eusse composé les mélodies les plus modernes ; pour elle, dérobé les meilleurs morceaux. *Donne, gattine, vedete !* Femmes et chattes, voyez : Est-ce là l'amour ? Non, n'est-ce pas. Pourtant, de ma vie je n'ai aimé chatte autant que celle qui n'est pas venue.

Mes Esclaves, qui auraient dû veiller à mon bonheur, contrariaient mes efforts et s'efforçaient, frottant ici et là, d'effacer les traces et les appels que je laissais. N'en pouvant plus, Ils me chassaient dans l'escalier ou au grenier. Les voisins portèrent plainte. Un soir que je m'étais dépensé plus que de coutume, Il s'effondra dans un fauteuil et dit :

— Il faut le faire couper.

Sur le moment, je ne prêtai pas attention à sa phrase, mais soudain, le souvenir du gros eunuque blanc de la S.P.A. me revint et je frémis. Mon Esclave devenait jaloux et ne pouvait plus tolérer un second matou chez Lui. Je me rassurai en pensant qu'Elle saurait me défendre. Que je sois matou lui plaisait et souvent Elle me félicitait de mes avantages, avec un petit rire fripon.

Je redoublai de gentillesse et fis de mon mieux pour Le séduire, me roulant sur le dos, lui léchant la main, me frottant à sa jambe ou à sa joue et, les pattes repliées sous moi, passant de longues heures à ronronner sur son bureau pour lui servir de presse-papier. Mais après quelques jours de répit, le désir l'emportant, j'écrivis de nouveau « Je t'attends » sur la moquette et Il revint à son projet :

— Il faut le couper.

Elle prit le parti d'en rire et secouant son index sous mon nez :

— Tu entends, Boubou, si tu n'es pas sage, on va t'enlever tes jolies petites boules.

— Je suis sérieux. C'est invivable ! Je vais téléphoner au vétérinaire.

Elle devint rouge de colère :

— Jamais ! Si tu veux un eunuque, va t'en acheter un ! Moi, je veux un matou et Boubou restera matou. Et toi, hein ? Si on te faisait la même chose ?

L'argument porta et entre Lui et moi, je sentis une sorte de solidarité s'établir.

Je gardai tout : mais qu'en faire ? Peut-être sont-ce mes rêveries amoureuses et les plaintes de mes voisins qui les poussèrent à déménager à nouveau. On me remit dans mon panier.

— Tu verras, Boubou, tu aimeras la campagne. Il y a beaucoup de chattes là-bas, me dit l'Esclave en refermant le couvercle.

— Allons, Boubou, un peu de courage !

Le courage ? J'en avais à revendre. Vit-on jamais matou en manquer ? Seulement, le courage ne peut rien contre la peur et j'avais très peur. Je rampais, terrible et prudent, entre les herbes hautes, ma queue balayant lentement le sol derrière moi pour équilibrer le bond que j'allais faire... afin de regagner au plus vite notre salon. Les odeurs auraient suffi à m'affoler, en me signalant la présence de mille choses dont je ne savais rien et dont, en conséquence, j'avais tout à craindre. Comment savoir que ce parfum lourd qui vous entraîne dans le labyrinthe de son secret n'a ni crocs, ni griffes, et conduit seulement à un essaim de clochettes lilas suspendues silencieuses dans la brise ? Ou que ce sifflement qui rampe mène non au serpent mais à un filet d'eau et à une fontaine ! Rien ne se passe, risquons un pas. C'en était trop, car une colère éclate juste sous ma patte. Fuir, s'il en est temps ! Mais non, c'est la colère qui fuit, incapable de se mesurer au fauve que je suis malgré ses deux ailes et son torse rayé. Cette fois, je suis perdu, car un monstre s'avance et de l'herbe au lilas, à la cime du marronnier, ploie tout devant lui. Au secours ! Ce n'était que la bise, venue des Alpes, et qui passait. Je finis par m'habituer à ces émotions et même par aimer la campagne.

J'y étais Roi. Taupes et mulots s'enfonçaient dans la terre, mouches et oiseaux s'enfonçaient dans le ciel dès que je paraissais dans le jardin. Les fleurs, il me semble, baissaient la tête et le soleil, je crois, ôtait son chapeau. Je parcourais mes domaines en roulant des épaules, la queue à la verticale, repliée au bout pour plus d'élégance. Je miaulais ici et là pour leur faire comprendre que je n'étais pas content et qu'il en fallait davantage pour me satisfaire. Je les entendais trembler et murmurer dans le vent : « Il est de fort méchante humeur ce matin ! » Mais plus mon humeur était mauvaise et plus j'étais content, arpentant mon domaine et le marquant comme il faut pour qu'on ne vienne pas troubler mon règne. Je dis au pommier le mal que je pensais de ses pommes et grondai mes Esclaves qui se promenaient dans le verger : « Mrniaou, ça ne peut plus durer ainsi, il faudra me changer tout cela ! » Je sentis un silence admiratif se faire dans le jardin, tandis que nous allions, mes Esclaves et Moi, eux du pommier à la grange, moi de la grange au pommier. Je refusai de les accompagner afin que ma promenade demeurât indépendante de la leur. Ils se promenaient, moi aussi en sens inverse, et si c'était le même parcours, c'était l'effet du hasard et rien de plus. On se croisait tous les cent pas et à chaque fois, sans interrrompre ma promenade, je pouvais leur dire le mal que je pensais d'Eux.

Parmi les herbes, un jour, se glissa un pelage fauve. Aucun matou n'aurait osé franchir mon barrage ; je m'aplatis dans mon herbe et me glissai doucement, toujours prêt à fuir, vers l'inconnue. Elle me dévisagea calmement et si elle n'était pas de première jeunesse, son pelage perdant son poil, son museau couturé, son oreille déchirée, elle avait, en revanche, un regard d'une profondeur extraordinaire et qui m'avait deviné.

— Vous vous promeniez, jeune homme ?

— Oui, Madame, c'est-à-dire non. Je suis chez moi, n'est-ce pas.

— Je vous gêne peut-être ? Elle minaudait et tombant sur le côté, me fit signe de la patte. Viens plus près, bel étranger. Vous venez de loin ?

— Je viens d'Amérique ! et j'entrepris de raconter mon aventure, mais j'en perdais le fil chaque fois que l'étrangère venait se frotter contre moi.

— Dis-moi, jeune homme, ils ont tous le poil aussi doux en Amérique ? Et le ventre des petits matous d'Amérique, comment est-il ?

J'étranglais d'émotion et ne savais que faire, tandis qu'elle me mordait le ventre. Ensuite, elle se redressa, poussa un cri que je compris et mon corps trouva le sien. A cause de je ne sais quelles papilles cornées, quelles épines malencontreuses, nous nous fîmes mal et nous hurlâmes de douleur ensemble. Et puis... Et puis, ce fut fini.

— A bientôt, jeune homme, me dit-elle en s'éloignant.

Je restai un long moment dans l'herbe et ma réflexion était amère : je ne sais quelle langueur, je ne sais quel soupir ; je croyais désirer le ciel, mais c'était seulement une vieille chatte dans un pré. Il me semblait qu'on m'avait promis autre chose, mais je ne savais pas qui ni quoi, ni où, ni comment. J'avais honte et je n'osais m'approcher de mes Esclaves. C'est Eux qui vinrent à moi, me caressèrent et me parlèrent, si bien que je me sentis pardonné. Je me jurai de rester pur désormais et fidèle à notre amour. Les jours passaient. Je me rassurai.

Mais voilà qu'on frappe à notre porte. C'est la voisine, une vieille avec une pomme de terre en guise de nez et les yeux d'un crapaud. Son chapeau est de travers, ses trois dents tremblent et elle postillonne de rage.

— Madame, Madame, vous êtes des assassins ! Votre sale chat ! Ma pauvre chatte en est morte. Et la vieille est secouée par un sanglot.

— Je suis désolée, Madame. En quoi sommes-nous responsables ?

— Ben quoi ? Assassins ! Ma chatte avait quatorze ans et votre assassin l'a sautée. Et ma pauvre chatte en est morte. Enceinte qu'elle était !

— Calmez-vous, Madame !

— Non, je ne me calmerai pas. Vous êtes des assassins.

Alors la moutarde monta au nez de mon Esclave.

— Ce n'est pas notre petit matou qui est un assassin, cria-t-Elle. C'est votre vieille chatte qui est une putain ! Et de claquer la porte.

Tapi sous le divan, je n'en menais pas large. On ne me gronda pas ; on se contenta de se moquer de moi. Commencée sous de tels auspices, ma carrière amoureuse aurait dû tourner court. C'est le contraire qui arriva.

5.

Mille e tre !

J'avais vingt ans. Pour comparer mon âge au vôtre, je multiplie par neuf et je reprends : j'avais vingt ans. Je ne laisserai dire à personne que ce n'est pas le plus bel âge pour un chat. A chaque réveil, mon corps était neuf : ni pli, ni tache. Comme il faisait bon s'étirer alors. Planter les pattes aussi loin qu'elles peuvent aller et sortir les griffes pour les allonger encore. Tout le corps est un arc qui ploie. On touche sa force. Alors, ouvrez grand la gueule et bâillez : c'est le meilleur moment. De la pointe de la queue à la pointe de la griffe, je suis une force paresseuse, disponible. Que me proposez-vous ?

Le monde que je trouvais au bout de cet étirement et bâillement me paraissait comme moi-même, en parfait état. C'est aussi que, avant de mourir, ma vieille chatte m'avait révélé un secret essentiel, à savoir que la femelle de mon espèce désire autant le mâle que le mâle la femelle. Il me fallut un temps pour accueillir la nouvelle. Je m'étirais justement, me disant combien il était bon d'être celui que j'étais et comme j'occupais bien ma peau. Soudain, je compris le jeu croisé du désir. Je bondis de joie et en retombant je trouvai sous mes griffes un monde changé.

— A nous deux ! Et je miaulai bas et longtemps.

J'allais, la queue haute, humant le vent, explorant les fossés, fouillant l'herbe ; j'allais sans hâte et sans bruit, sentant mes muscles rouler. Je rentrais fourbu et bredouille.

A peine entendait-Elle mon miaulement dans le jardin qu'Elle courait à la cuisine préparer lait, rate ou rognon. Mais ensuite, mes Esclaves voulaient jouer et me proposaient boules de coton ou fils de laine ou bien m'enfermaient dans un sac en papier afin que j'y fasse les tours qu'ils aimaient. Je bâillais et m'endormais. Alors, Elle me piquait les côtes avec une aiguille à tricoter ou un crayon :

— Réveille-toi, Boubou. Joue donc ! On ne t'a pas vu de la journée.

Et comme je refusais, toutes griffes dehors et crachant parfois. Ils se rabattaient, en désespoir de cause, sur le seul jeu qui leur restait. Ils m'insultaient.

— Vilain chat, ignoble matou ! Vieux cochon !

Leurs injures étaient caressantes, je ne sais pourquoi, et je m'endormais comme bercé.

La chatte est plus rare qu'on ne croit ou son matou la garde mieux qu'on ne dit. Je passai dix jours en courses vaines, mais enfin je découvris Elvire. C'était une Egyptienne de jais qui, posée sur un mur, les pattes avant raides et tendues, le cou long et droit, la tête petite aux pommettes saillantes, aux yeux de jade, toute raide et frémissante de fierté, paraissait jouer à la statue. Je la miaulais, mais elle fixait le vide et ne voulait s'apercevoir de rien. Incapable de gravir le mur sur lequel elle était perchée et qui était lisse de mon côté, je l'insultai :

— Hep ! Mademoiselle ! je vous connais. C'est bien vous qui venez fouiller dans notre poubelle ?

Un léger frémissement parcourut le jais. Ma chatte était bien vivante et indignée :

— Moi ? Vous connaître ? Vous êtes fou, je pense. Vous ne me paraissez pas de mon milieu. Je suis du château, n'est-ce pas.

En se détournant, elle fixa son regard sur une tour à toit conique que l'on apercevait entre les chênes. Je fus impressionné, mais me souvins à temps du fait que la femelle aime le mâle de l'espèce autant que lui la femelle et, ensuite que j'étais noble à ma manière.

— Heureux hasard, dis-je. Charmé ! Je suis comte, n'est-ce pas ? Graf Bouby.

De ses yeux inexpressifs, pierres précieuses où la lumière jouait seule, elle m'observa de la tête à la queue puis en sens inverse, de la queue à la tête. Elle renifla, esquissa avec ses pattes avant une petite danse indignée, un peu comme si elle les avait trempées dans une eau glacée et laissa tomber sur moi :

— Gouttière !

La colère montait, mais davantage encore l'inquiétude. M'étais-je trompé sur le désir femelle ? Et si ma pauvre vieille chatte avait été seule à aimer le matou, la seule ou la dernière ? Elle était morte. C'est bien ma chance ! Mais la colère l'emporta.

— Hep, princesse ! Un peu de bon matou, ça ne vous dit rien ?

Elle bondit sur moi, m'aveugla, faillit bien m'arracher l'oreille et la queue. Je repris mes esprits pour la voir disparaître au bout de l'allée, la queue haute et trottant souplement. Je me dis alors que j'étais un pauvre chat, que je n'avais pas de chance et je courus à la maison pour m'y faire dorloter.

Etre repoussé, voilà le plus grand malheur. On se retrouve alors dans la nuit. On avait cru se hisser jusqu'à son bord, entrevoir la lumière de l'Autre, proche un instant. Le coup vient. Je retombe. Quand aurai-je de nouveau la force de gravir les échelons de la solitude ? Je me mentais tout à l'heure en pensant qu'on pouvait me désirer, car comment désirer celui qui n'existe pas ? Je suis celui-là. Dans une nuit profonde, un chaton erre tout seul. Il va, il vient. Qui aura pitié de lui ? Moi, tout à l'heure. Mais ce ne sera pas une bonne pitié. Je vais plonger dans sa nuit pour en sortir le chaton par la peau du cou, d'un geste violent, et le jeter dans le jardin pour qu'il y fasse la grimace et y joue, queue à la verticale, miaulement agressif, sa comédie.

Je vais le jeter sur les chattes pour qu'on le croie un matou triomphant. Il jouera son rôle et fera mille tours, mille et trois exactement. Mais il sera malheureux, tandis qu'il fera rire ; il sera malheureux, tandis que dix chattes se disputeront son amour parce que ce n'est pas le chaton seul dans la nuit qu'elles vont aimer, mais son double ou son masque conquérant. Non lui et son sanglot ; seulement sa grimace et son sarcasme.

Il va se débattre. Il faudra tenir bon quand les crocs et les griffes du chaton vont pénétrer au cœur le matou. Car le chaton préfère, à la pauvre lumière, la nuit vraie, la solitude et le malheur où il a le temps et le moyen de souffrir à son aise et de goûter la vérité. Combat épuisant : la force de vivre y passe. Combat douteux : au moindre revers, le chaton échappe et retourne à sa solitude. Ah ! maman, si vous aviez eu le temps de m'aimer ! Mais quoi, nous étions six ! Vous êtes-vous seulement aperçue de ma naissance ? Les Esclaves, c'est gentil. C'est un peu court. Avec leur peau sans poil que la lumière durcit, leur odeur qu'un rien évente, ils demeurent extérieurs et vous touchent sans vous envelopper. Il fallut m'en contenter. Vous aussi, n'est-ce pas ? Cette bouche amère, ces rides que je vous vois. Chacun a dans le cœur une chatte, dans le cœur de laquelle il voudrait demeurer. Qu'il fasse enfin nuit en ce monde !

C'était grand jour et l'été. Je faisais le chaton et mes gentils Esclaves furent ravis par mon retour. De nouveau ils pouvaient jouer, me regarder des heures entières me battre contre un sac en papier ou une pelote de laine. Je sentais poser sur moi leur regard ému : voilà deux innocents pour lesquels je ne serai jamais matou. Ce bonheur pourtant n'était qu'un jeu, c'est-à-dire qu'il était fragile, qu'on voyait à travers et qu'il ne pouvait durer. Bientôt, les litanies de mes Esclaves « Boubou, Bousik, Boubotchka... », leur complaisance et leurs caresses me révoltèrent. Mimer la tendresse n'est pas l'éprouver. Ils veulent aimer ? Qu'Ils s'aiment ! Ils veulent caresser ?Qu'Ils se caressent. En voilà assez ! Je griffe.

Me voilà reparti. Blanc et noir, une grosse chatte paraissait m'attendre dans le fond du jardin. Je lui fis signe, mais elle sembla ne s'apercevoir de rien. Elle avait déjà sans doute son matou, ou même plusieurs. Quel besoin pouvait-elle avoir de moi ? Mon cœur pesait comme une pierre, Quant à ma queue... Mais qui donc nous a accablés de cet appendice ridicule et comment espérer garder quelque dignité dans la défaite quand on est suivi partout par un point d'exclamation ou, pire, par un trait d'union ?

— Oh ! s'exclama Minette, vous voilà fâché ! Je suis si maladroite. Maintenant, vous ne voudrez plus me parler. Vous me mépriserez !

Je me figeai. Je n'en croyais pas mes oreilles : ainsi je n'étais pas le seul chat de la création à être affligé d'un complexe d'infériorité. Et si tous, si chacun... Des perspectives s'ouvraient, se déployaient en éventail, se bousculaient ; j'en avais le vertige. Déjà Minette s'en va doucement, tête et queue basses.

— Un instant, Mademoiselle. Vous mépriser ? Quelle idée ! Tout au contraire, jc vous trouve charmante, charmante !

Elle s'arrêta alors, se tourna vers moi et levant

un instant des yeux admirables qu'elle baissa aussitôt :

— Je ne suis qu'une paysanne.

— Mais charmante, charmante ! Mrniaou, comme vous me plaisez ! Vos yeux, votre fourrure...

— Vous vous moquez, je le sens. Adieu ! A ce soir peut-être ? Si vous avez un moment.

Elle file comme une flèche à travers notre haie, la route, et disparaît. Voilà qui était mieux. Je m'en léchais les moustaches. Charmante cette petite : un pelage, ces yeux, cette croupe. On ne s'ennuyait pas dans nos campagnes. De plus, elle savait parler et trouver le ton juste. Il est vrai qu'un matou comme moi, pour ces bergères !...

Porté par cet orgueil, je sus garder mon sang-froid quand j'aperçus, derrière notre poubelle, Elvire. Je tressaillis mais, roulant des épaules, je sus passer devant elle silencieusement.

— Quoi, Comte, pas un mot ! Ne me dites pas que vous êtes fâché. Les gifles d'une femme de qualité sont un honneur pour un matou de votre rang.

Je m'arrêtai, pas très rassuré, rentrant la tête, assez loin de la tigresse pour pouvoir fuir, s'il le fallait... Oui, je sais : le courage. J'en ai beaucoup. Mais j'ai beaucoup de peur aussi.

— Vous fouillez de nouveau dans notre poubelle ?

Elle rit et piaffa, comme elle savait le faire : une patte se lève, l'autre se pose, se relève. Je sentais déjà les gifles sur mon museau.

— Vous êtes divin avec vos poubelles ! Comte, est-ce bien avec Minette que vous parliez à l'instant ? Vous ne devriez pas. C'est une… vous voyez ce que je veux dire. Un homme de votre qualité ne devrait pas se compromettre avec cette fille. Dans notre quartier pourtant, on aurait pu espérer… Quelle époque !

Je rentrai la tête, prêt aux gifles.

— Je la trouve gentille, moi.

— Ha, ha, Comte, quel esprit ! Gentille. Justement, elle l'est trop. Vous êtes charmant. Bonsoir ! On m'attend au château. Cette nuit, peut-être. Je ne promets rien. S'il y a clair de lune. Mais il faut me jurer de ne plus parler à cette fille. C'est promis, n'est-ce pas ? Alors, à ce soir ! Vous me parlerez de votre arbre généalogique.

Nuit. Et en son centre, une lune ébréchée qui surveille les matous et leurs amours. Par la fenêtre, je la voyais organiser la campagne, étendre de longues ombres bleues qui frémissaient à leurs bords, poser, à la manière d'obstacles, les haies d'argent qu'il me faudrait franchir, planter le mystère, ménager les retraites. Là où l'ombre a crié, l'amour est passé. Sous ce lilas, est-ce la lune, est-ce la chatte qui se glisse ? Une feuille a plongé dans l'argent et maintenant retourne à l'ombre. C'est Elvire qui rampe, le ventre brûlant et la gorge sèche. Ou peut-être seulement le passage d'un vent chaud ? Ce cri : est-ce une branche qui casse ou l'appel d'une chouette ? Voilà que l'on gronde. Je ne suis pas seul dans l'herbe haute où brille le serein, dont les gouttes ressemblent parfois aux yeux de l'aimée et parfois aux yeux du rival, et mouillent le poil et le glacent. Plus loin, la fontaine radote, soupire et se plaint. Qui va là ? Le silence. Qui passe ? Un vent d'été. Là, cette ombre figée avec un cri étouffé qui roule dans sa gorge, est-ce l'amour ? Est-ce l'ennemi ? Un instant, dans la lune, un éclair noir est passé. Elvire ! Le cri se perd entre les feuilles qui chuchotent.

Les lucioles se sont éteintes, le serein s'est évaporé. La nuit est plus sombre. Quand le vent se lève, tout se met à parler. Un galop sur le gravier : Minette ! Une ombre se dresse, s'avance et je me couche. Oreilles aplaties, crocs et griffes brillantes, je gronde en étranglant le cri qui me vient de loin, du profond d'une nuit qui ne connut jamais le rayon de la lune. Puis mon cri me déchire, rompt mes liens et je bondis sur un cri pareil. Deux cris s'unissent, s'enlacent et se tordent, tandis que sous mes griffes je trouve un sang enivrant. La douleur nous sépare. « Qui es-tu ? » Mais déjà c'est le silence, le vide devant moi et la fontaine berçant son jet au clair de lune.

— Viens ! Je t'attends. Oh ! viens !

Dans les rosiers, une chatte s'affole. Elvire, est-ce toi ? Les épines me blessent et s'accrochent à mon poil. Je tire et m'arrache. Mon museau est en sang. Je souffre. Je te veux. On a bondi sur moi et mes griffes ne labourent que la nuit. On m'arrache une oreille, on va me crever les yeux. Je me débats. On a lâché prise. Je cours. Je t'aurai ! Qui es-tu ? Qu'importe ! Je saute sur l'ombre, mes dents se referment et je plonge dans le sang. On crie : je poignarde et déchire. Une vague me soulève et m'emporte tandis que l'on crie sous moi, comme si je tuais. La vague déferle jusqu'à la nuque. Je retombe. On s'enfuit. Sous les lilas, serait-ce un rire ?

Elvire, Minette, une autre ? Que m'importe ! J'ai du poil sous la dent et du sang dans les yeux. Une douleur m'habite de la nuque à la queue et me suit partout. La lune est dure comme un coup dans le ciel. Même la fontaine me fait mal dont le ronronnement maintenant ressemble à un reproche et même le parfum du lilas qui exige on ne sait quelle promesse dans cette nuit où je titube comme assommé. Est-ce la lune, est-ce l'ombre qui me juge et me condamne ou plutôt ma maison pesante comme une outre, pleine de sommeil et de paix, si innocente au milieu des crimes rapides qui s'entrecroisent et grondent. Car là-bas, sous le chêne qui s'exclame en silence et se fige, on gronde de nouveau. Ce sont deux ombres et non point une. Sous mon poids, l'herbe chuchote. Une ombre fuit, mais l'autre me coupe le chemin. Elle est rousse et sent le mâle. Son dos ondoie tandis que je me couche pour mieux bondir au premier mouvement de l'ennemi. Des yeux de feu s'allument à trois pas, veinés de rouge, striés de crimes. Un grondement étranglé soulève l'ombre, la ploie, la pousse vers moi : « Je te tuerai ! » Cependant, là-bas, si près tout à l'heure et maintenant si loin, sous les lilas ou bien à côté de la fontaine, là où la nuit s'écarte pour laisser jouer le rayon de la lune, on m'appelle tendrement. Mais nous sommes noués, mon ennemi et moi, et pour déchirer mes liens, il nous faudra nos griffes, nos crocs et nos deux haines. L'ennemi me fascine ; je l'imite et mon dos devient pareil à un arc pour que le Roux ne puisse s'y hisser. Une voix que je ne connais pas monte en moi, se brise, m'étrangle, me raidit, puis ma gueule se fend et le souffle de la rage en sort, pareil à un crachat. Nous nous touchons presque maintenant, le Roux et moi, front bas contre front bas.

L'attente m'épuise, mon grondement monte, me déchire et, n'en pouvant plus de le haïr, je me jette sur lui. Unis par les crocs, soudés par les griffes, nous roulons ensemble. Il me déchire la patte, l'oreille. Je rends coup pour coup. Ensuite, je ne sais plus.

Le ciel est au-dessus de moi. La lune s'y baigne et je sais que je perds mon sang. Je suis calme comme ce ciel où la lune saigne doucement. Tout est tranquille maintenant et solennel. Je suis à l'image de ce ciel haut, profond, et je sais enfin que le reste est mensonge et que ce ciel aussi va s'éteindre, la lune s'y noyer. Alors ce sera la paix. Je vais mourir, puisque déjà je baigne dans mon sang. L'odeur pourtant m'en paraît étrange, si lourde et poivrée. Soudain, je comprends : ce n'est pas du sang, ni le sien, ni le mien ! C'est l'urine du Roux dont il m'a aspergé. Le salaud ! Attends, tu vas me le payer !... Dans l'ombre, dans la lune, dans l'ombre, dans la lune, je le cherche.

Le soleil était haut dans le ciel quand je retrouvai le chemin de la maison. Je miaulais pour annoncer mon retour. Je ne sais pourquoi — était-ce ce matin fouetté de bise ? — il me semblait que dans les feuilles, dans l'herbe, sur les tuiles, dans le bassin, partout on riait de moi. Jusqu'au gravier qui ricanait sous mes pattes ! Pourtant, je rentrais triomphant, portant sur moi les cicatrices de l'amour et de sa guerre. Je miaulai : « Enfin, c'est moi !» Il est vrai que ma voix fatiguée fit de ce rugissement une plainte. Elle m'ouvrit :

— Le voilà !

Alors, Il vint voir, lui aussi, et tous deux avaient le fou rire. Je compris enfin que j'étais en piteux état. Mon museau et mes oreilles étaient déchirés. Trop violente pour mes yeux, la lumière m'obligeait de les fermer à demi. Poisseux, puant, mon poil collait à ma peau et ma pauvre queue, que je ne parvenais plus à dresser, pendait comme un saule à l'automne. Surtout, je boitais un peu. Enfin, un peu de la patte arrière droite, car de la patte arrière gauche, je boitais beaucoup, et de la patte avant droite, plus encore ; mais de la patte avant gauche, si peu que rien. De me voir ainsi boiter des quatre pattes ravit mes Esclaves. On ne saura jamais pourquoi.

— Petit débauché ! Pauvre petit matou !

Comment se souvenir de sa gloire quand on vous traite ainsi en galopin. J'ai pris des chattes, tué des matous ! Inutile d'expliquer sa grandeur à qui vous aime puisqu'on ne vous aime que petit. Nul n'est Don Juan dans son pays !

Nos rapports, toutefois, furent changés. De leur fait ou du mien ? Je l'ignore, mais Elle me caressa autrement. Lui devint distant ou bien c'est moi qui me mis à l'éviter. Je retrouvais rarement sa main sur moi et quand elle venait enfin me gratter la nuque ou le menton, j'avais un mouvement de recul que je ne contrôlais pas toujours et que je ne m'expliquais pas. Cette main que j'avais aimée comme nulle autre me paraissait maintenant dangereuse, sournoise. Plus elle était bonne, plus elle était chaude et plus mon poil s'en méfiait. Avec Elle, nous jouions encore, il est vrai, et je faisais les tours qu'Elle aimait, acceptant ses caresses et me frottant à son mollet dodu. Elle paraissait accepter le changement intervenu dans nos rapports et s'en réjouir.

Dès que mon cri avait résonné au bout du jardin, que mon Mrniaou m'avait annoncé — parfois fort avant dans la nuit — Elle s'exclamait :« Oh ! mon Dieu ! Boubou ! » et courait à la cuisine. J'étais accueilli par le bruit sec, aimable entre tous, du frigidaire qu'on ouvre. Elle disait « Mon Dieu ! Vite, vite ! » comme si Elle avait eu peur de moi et que je l'eusse prise en faute. Je gardais ma méchante humeur tandis qu'Elle ébouillantait le rognon et pour mieux lui signifier combien son retard me fâchait, je griffais, mais légèrement, mordais même, plus légèrement encore, ses beaux mollets. Elle sautillait alors, chatouillée et heureuse. Sa peur était feinte car connaissant ma bonté et mon amour pour elle, elle n'avait pas vraiment peur de moi. C'était un jeu. Il me plaisait.

Pourtant, il me parut qu'Elle manquait de dignité. Ses caresses, ses avances m'irritaient. Son intérêt pour mes avantages et pour la manière dont j'en jouissais me choqua. Il y avait en Elle un côté chatte que je découvrais avec amertume. Elle aussi aimait le Matou. Je l'eusse voulue pure et qu'elle restât une enfant avec laquelle j'eusse pu retrouver l'innocence et le jeu. Mais Elle était chatte, je le sentais dans ses caresses et aussi dans sa manière d'affirmer ses droits sur ma personne et d'en abuser. Alors que fatigué, repu, je ne songe qu'à dormir, Elle insiste pour me prendre sur ses genoux, et non point couché, mais assis, mon dos contre son ventre. Elle me tient les pattes et, de ses pouces restés libres, elle me gratte la nuque : « Boubou, Bouboutchka, Boubsik. » La colère me fend la gueule jusqu'au cou et je crache ma rage chaude et aphone. « Boubou ! » Elle ne lâche pas prise, gratte de plus belle, jusqu'au moment où, vaincu, je finis par ronronner. Alors Elle triomphe : une chatte ! Entre mes Esclaves et moi, maintenant, il y avait les nuits de lune, leurs appels et leurs combats qui nous séparaient.

Mes sentiments se contredisaient et je passais des uns aux autres. Le matin, repu, moulu, brisé, je n'aspirais qu'à l'amour des Esclaves et j'enrageais de le sentir moins pur ou plus distant. Le soir, affamé, je désirais retrouver la nuit, avec ses ombres, ses appels, ses matous. L'amour, parfois, venait me surprendre au milieu de mes jeux. Je suis couché devant le feu qui lape la bûche. La main de l'Esclave me gratte l'occiput. Tout est paisible, tout est bien. Soudain, mes oreilles se dressent et je n'ai rien entendu. Plus bas que l'ouïe, l'odorat, la vue, je sens qu'on m'appelle. Une chatte quelque part a frôlé l'ombre. Déjà je ne m'appartiens plus. Il me faut la fenêtre ouverte, le bond dans l'herbe humide, la nuit autour. « Mrniaou ! » Me voilà !

Les jours au moins m'appartenaient : Je pouvais dormir, inspecter le jardin, gronder ceux qui le partageaient avec moi. Elvire vint m'ôter ces heures de repos. La voilà un matin qui se frotte à moi et se plaint de ma froideur. J'étais fatigué, je le lui dis. Elle ronronne : « Cette nuit pourtant... » avec un joli mouvement de cou. Cette nuit, c'était cette nuit et puis justement ! Le propos était innocent, il me semble inspiré par le seul bon sens. Je reçus deux gifles, deux éclairs, toutes griffes dehors. Elvire me mordit la patte que le Roux avait déchirée et tout cela, à l'en croire, parce qu'elle m'aimait. Toujours pour la même raison, elle menaça de me châtrer et je n'eus que le temps de bondir vers la fenêtre de la cuisine qui, heureusement, était ouverte. Elvire m'avait bien arraché un peu de ma queue. Je sauvais l'essentiel.

Alors commença un cauchemar dont je ne suis pas sûr qu'il soit fini. Chez moi je n'étais plus en sécurité, car la furie grimpait sur le marronnier qui s'appuyait à la maison et se mettait à m'insulter. Elle expliquait à tue-tête que j'étais un voyou, un vaurien. Le jardin, les voisins, tout le monde pouvait l'entendre : c'était très gênant. Mais enfin, sorcière, si je suis ce que tu dis, ne m'aime pas et laisse-moi en paix ! J'en pleurais de chagrin. N'y avait-il pas quelque part un juge pour me rendre justice et nous séparer ?

L'humeur assassine d'Elvire s'accusait de jour en jour. Elle avait commencé par me prédire ma mort ; ensuite, elle nous annonça un véritable massacre. Toute chatte qui m'approcherait aurait la gorge tranchée. Cela faisait pas mal de monde. La menace fit de l'effet ; les chattes m'évitaient et je dus me contenter de la démone. Dans les nuits chaudes, il est vrai, elle était la meilleure amante et j'oubliais tout à fait la sorcière qu'elle redeviendrait au matin. Nous nous disions notre amour. Elle jurait d'être douce et la lune posait sur nos ombre sa magie. Mais le soleil ne s'était pas encore hissé au sommet des Alpes que déjà plaintes et menaces reprenaient. Suivaient les gifles et je fuyais.

Il y avait le Roux. Dans le canton, nous restions seuls en présence, car nous avions défait, battu, compissé et chassé les autres matous. Le Roux était terrible et en dix endroits je portais la cicatrice de ses coups. Il avait déchiré ma patte droite et le maudit avait garde de l'oublier. A peine reprenions-nous notre combat, et c'était presque chaque nuit, qu'il la cherchait des dents. Je ne pouvais l'attaquer, ni même me défendre, obligé que j'étais de protéger ma patte. Un soir nous faillîmes nous entretuer. Le Roux était dans la haie, bougeant sa queue et préparant la meilleure attaque. Nous ne grondions plus maintenant. Nous nous jetions l'un sur l'autre. Un instant, entre mes crocs, il y eut son cou. Puis je fus sur le dos, lui sur moi, mais mes trois pattes valides me faisaient un bouclier clouté. Je le griffai ; il s'en fut, revint. Les poils volaient, nous criions tous les deux et c'était autant de terreur que de rage. Je me retrouvai sur le flanc, respirant à peine, mort à demi. Il était à deux pas, sur le flanc lui aussi, et son état n'était pas plus enviable.

— Tu sais, on va s'entretuer si ça continue.

— Je sais. J'ai bien cru que c'était la fin tout à l'heure quand tu m'avais pris à la gorge.

— Je me demande pourquoi ?

Il y eut un long silence. Je devinais sa stupeur et qu'elle était pareille à la mienne. Un peu plus tard je lui dis :

— Il y avait peut-être une raison naguère. On se battait pour les chattes. Mais elles me fuient et je suis bien obligé de les laisser depuis qu'Elvire m'aime…

Il poussa un cri de douleur :

— C'est que j'aime Elvire !

Que la vie est donc bête, l'amour répugnant. Le Roux se mourait de n'avoir pas la peste dont je mourais de ne pouvoir me défaire. Courir après sa queue jusqu'à en perdre la tête eût été plus intelligent. Je mis ma tête dans mes pattes, mes pattes sur mes yeux et miaulai comme un possédé.

— C'est si bête, c'est trop bête ! Si seulement je pouvais me débarrasser d'Elvire. Je vais lui parler, plaider ta cause.

Le Roux ressuscitait de bonheur. Moi, à l'idée de me défaire de la furie je me sentais tout ragaillardi. Nous nous quittâmes en nous jurant une amitié éternelle. Dites-moi, les hommes, c'est vraiment aussi bête que nous ?

6.

Guardate queste femmine

Et les femmes, sont-elles aussi impossibles que l'était Elvire ?

Je lui parlai dès le lendemain. Profitant de l'absence de mes Esclaves, j'invitai Elvire dans notre cuisine pour y partager mon repas. Elle accepta avec un entrain qui me laissa affamé mais enfin le rognon la mit de belle humeur et c'était l'essentiel. Quand je la vis alanguie et douce, bâillant gentiment et se frottant aux meubles, je me hasardai à lui parler du Roux. Elle rit, minauda, passa par deux fois devant mon museau en se frottant à lui de la pointe de la gueule à la pointe de la queue, me mordilla l'oreille, roula à terre me présentant son ventre et battant l'air de ses pattes :

— Viens donc !

Je résistai et repris l'éloge du Roux. Elle se roulait, frottant sa nuque sur le tapis et minaudant :

— Je sais, il m'adore, le pauvre !

Elle se reprocha d'avoir fait la coquette avec lui, avant de me connaître. L'amour du Roux n'avait, à l'en croire, aucune importance puisqu'elle m'aimait, moi. Je me hâtai de saisir cet argument et de le retourner. Car enfin, je l'aimais, certes, mais j'aimais encore mieux ma liberté. Comme elle venait de le dire, l'amour qu'on vous porte était sans importance et compte seul celui que l'on éprouve. Or, le mien penchait nettement vers la liberté. Si donc elle désirait un attachement sérieux, le Roux me paraissait tout indiqué. Elvire n'avait ni goût ni talent pour la discussion : sa logique était griffes, crocs, gifles. La démone se souvint de ma patte malade. Je hurlai, demandai grâce. Elle me lâcha enfin, mais ses yeux de topaze jetaient des éclairs et elle me promit de me tuer la prochaine fois, toujours pour l'unique raison qu'elle m'aimait. Elle sauta sur la fenêtre et de là, tapant de ses pattes comme elle savait le faire, elle m'asséna le coup qui devait m'achever.

— Tout va bientôt changer, mon garçon. Car je puis vous annoncer que vous allez être père.

Elle ment ! C'est impossible ! Ce serait trop injuste ! Parce qu'un pauvre chaton, par un beau clair de lune, se laisse séduire on va lui voler la liberté, la jeunesse et la vie. L'enfer familial auquel je n'avais échappé que par miracle allait se reconstituer. C'était impossible ! Je n'avais commis aucune faute et puis, quelle faute mérite pareil châtiment !

Une pétarade m'annonçait le retour de mes Esclaves. Je courus me jeter dans leurs bras. Ils ne comprirent pas mon élan, mais peu leur importait la cause si j'étais de nouveau leur chaton. Je leur léchai nez et joues, passai et repassai entre leurs jambes en m'y frottant de mon mieux et c'est à peine s'ils pouvaient faire trois pas. Quand le soir vint, nous étions réunis comme dans le passé, moi entre eux, chaud, doux, ronronnant et je retrouvai le bonheur et la paix. J'entendais bien l'appel de la nuit, mais cette fois, j'avais garde d'y répondre. Qu'elle s'égosille, si bon lui semble, car j'avais compris ma faute et voulais la réparer. Pour des plaisirs dangereux, j'avais abandonné l'amour des Esclaves. Plus jamais : j'allais être très sage et ne plus les quitter, redevenir leur chaton à Eux, rien qu'à Eux. Alors le châtiment qui rôdait dans la nuit, porté par Elvire, dans son ventre, me serait épargné. Les Esclaves sauraient me protéger. Je nous regardais tous les trois, heureux, unis, bercés par le même bonheur et je ne doutais plus que la sorcière de jais eût menti. Le cauchemar s'éloignait. Je suivis les Esclaves jusqu'à leur chambre à coucher et bientôt nous nous endormîmes tous les trois du bon sommeil de l'innocence.

Mais comme les nuits sont chaudes en juin ! Comme elles savent bien appeler. Je sentais leurs bras tièdes se poser sur ma nuque. J'entendais leur voix tapisser l'ombre de leurs appels qui trouvaient partout un écho. Je ne résistai pas plus d'une semaine. Peut-être deux ? Mais enfin, comment parler raison, comment se souvenir quand vous parvient le parfum de l'iris ou celui de la pivoine qui s'abandonne en s'effeuillant au passage de celle, lascive, qui la frôle. J'avais fait pénitence. Les Esclaves m'avaient pardonné. Ils m'aimaient et sauraient me protéger d'Elvire. Et puis, je n'y tiens plus : me revoilà ! D'un bond, sur la fenêtre entrouverte où la nuit se glisse, et moi à sa suite.

Je veux m'amuser à la fin ! Vive la vie ! Toutes ces chattes qui rôdent et dont je surprends dans l'ombre les feux secrets, c'est la vie même. En voici une, je cours, bondis. Oui, crie ma belle, griffe si le cœur t'en dit ! Ton honneur réclame un peu de sang ? Sers-toi, ma belle, sans compter. Tu me le paieras bientôt, car en voilà assez. Ta nuque entre mes dents : tu es sous moi et moi dans toi. Je veux t'ouvrir en deux et que ton cri résonne au loin pour proclamer ma gloire. Ha, ha, ha ! le rire est dans ma gorge, le feu dans mon ventre. Ah ! je meurs ! Bon, bien ! Je m'en lèche les moustaches. Bonsoir, Mademoiselle, ce fut charmant !

Tiens, mais celle-ci qui fuit ventre à terre. Halte, où allez-vous ? Vous avez un rendez-vous, vous en aimez un autre ? Voilà qui me convient car je ne veux pas parler d'amour, seulement le faire. Vous refusez ? Gare si je me fâche. Aimez qui vous voudrez, mais ouvrez vous dis-je. Assez causé ! Tu gémis, tu ne veux pas : mais personne ne demande ton avis. Oh ! mais tu es un morceau de choix et tu voulais m'en priver ? Tu cries bien et la note du désespoir ne me déplaît pas. Terrible d'adorer celui que l'on hait, terrible et savoureux. Merci, Mademoiselle ! Bonsoir et hâtez-vous, autrement je le crains, vous serez en retard. Pas d'explication, je suis moi-même un peu pressé. Mais, comme vous crachez bien ! Ha, ha, ha ! Je ris bien ce soir et tout me réussit.

Vive la liberté, vous dis-je, vive la liberté ! J'entends rire et m'amuser. Vive la liberté, c'est-à-dire vous, Mamie, qui fuyez, assez lentement du reste. Un autre est à vos trousses ? Un coup de patte l'écarte, car cette nuit est à moi. Je suis terrible, mis pour vous serai toute douceur : ne trouvez-vous pas, Mamie, que sur cette rive solitaire, au bord de ce chemin d'argent, la lune brille mieux et le cœur respire plus largement ? Ne le sentez-vous pas ? Cette nuit embaume le citronnier alors que loin, au nord, à Paris peut-être, il vente et il pleut. Ah ! en voilà assez ! J'ai la gorge sèche : donne-moi ta nuque pour étancher ma soif. Ah ! la belle monture, cavale, arrête ! Ah ! Bonsoir, ce fut gentil ! Mais oui, à demain ! J'ai dit vous aimer ? Je ne m'en souviens pas ou bien peut-être m'auriez-vous mal compris ? Ha, ha, ha ! Qu'il fait bon rire, Qu'il fait bon vivre !

Oui, la nuit fut admirable et avant que le soleil ne vienne se hisser au-dessus des Alpes, de Genthod à Collex, de Colovrex à Versoix, j'avais cavalé plus de chattes qu'il n'en fut jamais. Fatigué mais content, lourd sur mes pattes mais bien dans ma peau, la queue haute et la pupille étroite pour me protéger des rayons bas du levant, j'allais, comptant mes blessures et mes conquêtes. Déjà, au-dessus des chênes apparaissait le marronnier géant auquel s'appuie notre maison, quand surgit mon rival, le Roux.

— Bonjour. Ah ! quelle nuit mon cher, quelle nuit !

— Bravo, dit-il, mais son œil me parut moqueur. Tu ne te demandes pas pourquoi Elvire te laisse cavaler en paix !

— Non, non ! Ravi, au contraire ! Félicitations, mon cher !

Il cracha de dégoût et sa voix se fit sifflante :

— C'est que depuis hier tu es père. Quatre charmants petits ! Que je sois le premier…

Je me jetai sur lui, mais il m'échappa et je renonçai à le poursuivre. Je ne me sentais pas bien.

La tête me tournait. Les arbres s'étaient mis à danser contre le ciel. Je voulais mourir.

Ou alors dormir, mais si profond, si longtemps que le cauchemar se serait dissipé à mon réveil. Je me retournais parfois et une lumière se posait sur ma paupière, comme pour me dire : « Viens jouer ! » Déjà je voyais s'ouvrir le jardin, les arbres reculer, l'horizon monter jusqu'au ciel, mais au moment où des forces neuves, l'élan de vivre allaient répondre à cet appel, je me souvenais et mon sang refluait. Non, je ne pouvais pas me lever pour devenir le père de quatre petits assassins. Pourquoi se lever quand on est mort ? On allait aimer ces diables et il n'y aurait plus être au monde pour m'aimer moi. Pourquoi vivre alors puisqu'on vit seulement pour être aimé ?

La vengeance du ciel est sur moi : plus d'amour pour Graf Bouby. C'est dire qu'il est damné. Pourtant, je n'étais pas coupable. C'était la faute de la nature : un émoi, un désir qui est du corps seul. L'âme succombe alors et voilà : l'horreur, la mort, pire — puisqu'il faut survivre — la damnation. Les petits diables allaient être comme nous étions autrefois, avant, dans l'autre monde où mon cœur est resté. A New York. Tels que nous étions : Lola, Félix, Rose, Rosette, Rosine. Mon enfance est à jamais perdue.

Je n'étais pas heureux. Mais précisément, qui va me payer pour ce malheur, qui va redresser les torts qu'on me fit si c'est fini à jamais ? Si les petits crevaient, une chance me resterait, un recours : une chatte ou un Esclave qui ne serait qu'à moi viendrait parler de la prison où l'on m'a enfermé alors que je n'avais pas six semaines et il me plaindrait. Il prononcerait les paroles du rachat qui font que l'on pardonne et que la plus tenace rancune se détache, tombe et se défait. Il dirait que la vie fut cruelle et injuste ; mais si les diables sont là, c'en est fini pour moi. Si leur dossier s'ouvre, le mien est clos. Ils vont commencer de souffrir et ma souffrance sera oubliée, perdue pour toujours.

Je dormais. Je rêvais du ventre d'Elvire, creuset rougeoyant où l'on forgeait les armes pour me tuer. Celui qui naît assassine les enfances qui l'ont précédé. Peut-être était-il temps encore ? La vengeance était fragile, aveugle et ne tenait pas sur ses pattes. Je les tuerai ! Et me voilà reparti par monts et par vaux. J'allai au château explorer les greniers, les caves, les réduits. Mais Elvire, comme si elle avait deviné mon projet, avait disparu avec ses monstres. Je me promis d'être plus tenace qu'elle n'était rusée et sous la pluie battante, dans la bise qui s'était levée, j'allai, lourd et lent, sans me laisser distraire de ma vengeance. Parfois j'avais le goût des monstres dans la bouche. Les jours se glissaient dans les nuits, les nuits dans les jours ; le soleil montait et retombait ; la lune allait et venait ; je ne les remarquais pas. Ni le temps qui passe, ni la faim, la soif, et si je faiblissais un instant, l'instant d'après je revoyais les petits terrassés sous mes griffes et mes crocs, et la force me revenait. Elvire demeurait introuvable. Mais j'étais sûr de réussir, de les découvrir. Alors, je dévorerais mes enfants.

Un jour que je passais devant notre maison, je bondis sur le rebord de la fenêtre et me figeai. C'était trop tard, non parce qu'Elvire me barrait le chemin, son dos en arc de cercle, son poil hérissé doublant son volume, ses yeux de feu, mais parce que déjà mes Esclaves jouaient avec les petits et que dans ses mots à Elle et dans ses gestes à Lui, je retrouvais tout ce qui, un temps, avait fait mon bonheur.

— Fais attention ! Tu vas lui faire mal. C'est tout petit !

Il reculait alors son gros doigt, gêné :

— J'y connais rien, moi, à ces machins !

— Oh ! écoute, il ronronne !

Mais c'était à moi, ces mots et ces gestes. Comment pouvaient-ils les donner à d'autres : nous sommes seuls sur la terre, à jamais ! Les plus cruels sont ceux qui nous font croire le contraire. Comme ils se vengent ensuite de nous avoir aimés.

Elle, par exemple, Elle surtout, cruelle, perfide, qui me tendait le monstre et me disait :

— Regarde, Boubou, ton fils !

Et de rire, et de frotter contre sa joue de velours, cette joue qui était à moi et m'avait enseigné la douceur d'être aimé, le Monstre informe. Par cette joue il allait apprendre la seule chose qui fait qu'on se traîne à travers la vie. Mort, j'assistai à mon enterrement et comme Elle me tendait toujours le petit, je crachai de rage et de désespoir. Le petit monstre ouvrit sa gueule rose et répondit à mon crachat. Et mes Esclaves de rire. Lui eut pitié, il est vrai, et me gratta la nuque :

— Boubou, il ne faut pas être jaloux. On t'aime toujours !

Bonnes paroles, mais si je n'étais pas tout, je n'étais rien. Je mordis sa main hypocrite ; on me frappa et l'on me jeta dehors.

Je revins, non dans l'espoir de retrouver le bonheur dont cette maison, naguère, pour moi était pleine, mais attiré par la curiosité et comme pour assister au développement de mon infortune. Je n'étais plus le même : en sautant, je faillis tomber. En marchant, je me souvins de ma blessure et me mis à boiter. Je me sentais laid. Je me savais mort. Dans la cuisine où j'entrai, l'assiette pleine à ras bord me souleva le cœur. Elle ne m'était plus destinée, elle était *aux* chats. Terrible, mortel pluriel. Pourtant, je m'en approchai et mangeai sans appétit, mais goulûment. Avant, j'attaquai le rognon ; maintenant, c'était comme si je recevais la nourriture. Elle s'imposait à moi et, plus lourde à chaque bouchée, elle s'enfonçait en moi et m'écrasait. Assommé, je m'endormis enfin.

A mon réveil, mes Esclaves étaient à côté de moi et à la lumière douce de la lampe parlaient tranquillement. J'allais être heureux, mais aussitôt le souvenir de mon infortune me revint. Pourtant, nous étions seuls et la soirée ressemblait à celles d'autrefois que je croyais issues de mon ronronnement, dressées et isolées par mon fluide, hier, naguère, quand j'étais roi. Lui disait :

— C'est impossible, on ne peut les garder tous.

Je dressai l'oreille et j'eus la sottise d'espérer. Je crus, c'était trop bête, qu'Il serait le plus fort et parviendrait à la convaincre.

— Nous avons un chat, c'est Boubou. Si tu en as cinq, tu n'en auras plus du tout !

Elle m'avait mieux aimé, mais son amour à Lui se révélait plus solide, car Elle lui répondit :

— Tu es formidable ! Ce sont ses enfants. Vois comme ils lui ressemblent. Et tu voudrais les mettre dehors ! Ah ! vous êtes tous pareils !

Oui, traîtresse, nous sommes tous pareils, tous nous voulons être aimés. Vous nous habituez à votre poison, jour après jour, et les nuits surtout, et pendant qu'il nous pénètre vous préparez votre vengeance. Et le jour où votre amour nous est enfin nécessaire, où sans lui nous ne pouvons plus respirer ni vivre, vous produisez celui que vous pourrez aimer à loisir, sans obstacle, sans qu'il vous échappe ou vous trompe jamais et que, à cette fin, vous avez fait en secret, en utilisant, traîtresse, l'amour même qu'on vous portait. Après nous avoir rendu insupportable la solitude que nous aimions, vous nous laissez seuls devant ce nous-même que votre poison a érodé, détruit et nous trébuchons devant le vide et la mort.

— Ses enfants, grondait-Il, ce sont surtout ceux d'Elvire !

Alors Elle se fâcha et lui fit une scène en règle.

— Bon, bon, calme-toi ! Ce ne sont que des chats après tout. Bon, on va les garder.

Alors je sautai tristement sur le tapis et me frottai à ses jambes pour Lui dire que je ne Lui en voulais pas et que j'aurais cédé comme Lui. On ne va pas contre le salut de l'espèce, même s'il signifie la mort des individus qui la composent. Cependant, Elle riait de joie :

— C'est si gentil ces petites boules de fourrure, ça sent si bon le petit chat chaud !

Il protestait bien encore :

— Mais enfin, c'est Boubou notre chat. Cest lui que nous aimons.

De sa main parfumée, si douce hélas, Elle me caressa :

— Bien sûr, Boubou ! Mais tu es un matou maintenant. Ton poil est dur, ta gueule couturée. Je t'aime, mais j'aime aussi le petit chat chaud.

Je sautai sur la fenêtre et de là dans le jardin pour me promener et réfléchir. Lui me restait fidèle, mais sa joue était rèche, sa main maladroite et Il sentait le tabac. Nous allions nous aimer, mais tristement, sans joie. Par la porte vitrée qui donnait sur le jardin, je les regardais tendrement enlacés. Ils paraissaient bien ensemble, mais Lui aussi vieillissait, son poil était dur, sa gueule couturée. Un jour, Il se souviendrait de cette conversation et comment Il avait cédé. Le jour où un même sort lui adviendrait.

J'ai peur. Je me vois pareil à une lumière minuscule dans la nuit et le vent souffle qui va l'éteindre. Luciole, j'erre dans l'ombre, flammèche, je tremble autour de la maison qui se tait. Comment ouvrir sa porte, faire qu'une lumière s'allume qui vienne poser sur moi sa main d'amour, disant : « Viens, tu es pardonné ! » Un cœur brisé pompe aussi bien qu'un autre. Je ne pouvais mourir. Que faire quand notre corps ne veut rien savoir du dilemme où l'âme s'est enfermée ? Puis tandis que je tournais autour de la maison silencieuse et noire, je commençai à me souvenir de mon passé. J'avais oublié mon devoir, oublié la tâche grandiose que j'avais acceptée, le Chat Murr, le Pacte qui obligeait mon Esclave à me servir de scribe. La force revint et bientôt l'enthousiasme. Au travail, au travail ! Il n'était que temps. J'avais cru mourir et je naissais à peine. Il n'est de vie véritable que la vie de l'Esprit !

7.

Io crepo se non rido

Dans un bois, une nuit de débauche, j'avais croisé un matou qui portait le poil long, la tête penchée et la queue en point d'interrogation. J'avais voulu l'assommer, mais il m'expliqua qu'il ne s'intéressait ni à la guerre, ni à l'amour et d'une voix sinueuse comme sa queue, frisée comme son poil, il m'assura qu'il m'avait observé et me prédit que je finirais dans la peau d'un moine. Il m'invita à venir le trouver alors. Le jour était venu, ce jour qui se prépare pour tous et chacun. Je venais de comprendre la farce où par un muscle du ventre ma mère m'avait jeté. Ai-je demandé de naître ? La farce est là. Qui s'en retire ? un animal ne le peut. Vous les hommes, si vous le faites parfois, ce n'est que pour ennuyer une chatte qui s'en fut crier sous un dard qui n'était pas le vôtre. Chaînon dans la chaîne, de père en fils, nous sommes les morts qui vous saluons. A qui adresser sa plainte ? Peut-être à vous, mère qui, derrière une poubelle, sous le ciel de nuit de New York, fîtes le chat que je suis. Pourquoi me fîtes-vous un alors que j'étais tout au monde, poussière et lumière, et que je dois le redevenir ? Le regret d'être né est la pointe de l'absurde. Il faut être père pour découvrir cette ligne exposée de l'Esprit.

Ma maison m'était insupportable depuis qu'on y découvrait partout, dans les coins qui m'étaient chers, sous le sofa et jusque dans le lit, les boules de fourrure qui, ventre à terre, se traînaient sur quatre pattes chancelantes et exigeaient en piaillant qu'on jouât avec elles. Elvire était douce, mais c'est à peine si elle semblait me connaître, toujours à nourrir ou torcher. Mes Esclaves me servaient comme dans le passé, mais le cœur n'y était plus et ils se hâtaient de retourner jouer avec les chatons qui les faisaient rire. Je quittai la maison et cherchai mon ami par prés, routes, granges, vallons. Je le découvris enfin et il m'accueillit aussitôt, heureux qu'un égaré eût retrouvé le chemin de l'esprit. Il m'assura qu'il n'y avait pas à cent lieues chat poète, prosateur ou philosophe qui ne fût son ami, qu'une œuvre importante comme le serait la mienne ne pouvait être entreprise sans le consentement et l'aide du Siamois et de l'Angora, les chefs de la vie intellectuelle du canton, qu'il me présenterait à eux le soir même pour peu que je puisse contribuer à la fête d'un rognon ou deux.

Le charme de mon ami était grand. Pourtant, je m'étonnai un peu. Je voulais seulement un ami pour me guider dans l'œuvre à entreprendre et refléter mon esprit dans le sien. Etait-il bien nécessaire de faire toutes ces connaissances qui m'intimidaient et risquaient de me faire perdre du temps ? Mais l'ami au poil long m'assura que Siamois et Angora détenaient les clefs de la vie de l'esprit et qu'il était vain d'espérer faire son salut sans eux. Je voulus poursuivre l'entretien et lui offris, afin qu'il me jugeât selon mon mérite, de lui réciter un poème que je venais d'achever sur la nuit et les chattes et qu'on a lu, si on a lu jusqu'ici, bien mal traduit il est vrai par mon esclave. En chat, c'est très beau ! L'ami au long poil cessa de sourire, m'avoua qu'il avait un fort mal de tête et surtout qu'il se mourait d'inanition. Honteux et indigné contre un sort qui affamait des êtres aussi rares, je bondis dans la cuisine, y volai le beefsteak de l'Esclave, crime sans précédent et, tremblant d'une juste colère, vins le déposer aux pieds de mon ami. Il avala le tout, s'en fut, non sans m'avoir promis de venir me chercher le lendemain pour m'introduire dans le cénacle, laissant entendre qu'on pourrait, avant de s'y rendre, dîner ensemble, comme ce soir. J'allai dormir le cœur débordant d'émotion et rêvai la nuit durant de grandeur et de noblesse indéfinissables.

Le long poil tint parole et le lendemain, dès qu'il eut fini mon dîner, nous nous mîmes en route. En chemin, je le harcelais de questions sur la conduite et les propos que je devais tenir. Il m'assura que le mieux serait de me taire et que l'élite étant faite pour briller, il me suffirait de boire chaque parole avec avidité et de paraître profondément impressionné. Déjà nous entrions dans une grange assez vaste et qui sentait la souris. On s'y écrasait. Pauvre de moi qui avais cru, voulu être le seul, l'unique : je compris bientôt que tous les chats rêvaient d'écrire. Le Siamois vint à moi d'une démarche sinuante. Des oreilles à la queue, c'était une spirale, lente, gracieuse, oscillant tendrement pour mieux envelopper l'interlocuteur avec, pour seul point d'appui, immobile dans ce doux mouvement ininterrompu, ses yeux bleus, immenses, figés dans un étonnement perpétuel. Haute, insinuante, pareille à dix lianes, la voix s'enroulait paresseusement autour de votre cœur et aussitôt on se savait compris et pardonné. Cependant, les yeux restaient immobiles et leur bleu, pur comme de la glace paraissait dire en vous contemplant : « Incroyable, impayable, mais vrai ! »

Le Siamois m'assura du bonheur qu'il trouvait à me connaître et balança longuement ce bonheur au-dessus de ma tête avant de le laisser tomber sur moi ; il y avait longtemps déjà, longtemps — et je vis le temps s'étirer, former delta et labyrinthe, reculer vers l'infini — qu'il avait éprouvé le désir de me rencontrer. Une dernière lueur de bon sens — et c'est ici qu'il me faut dire adieu pour longtemps à ce bon compagnon — me fit comprendre que ce désir était singulier, car enfin, si le Siamois courait la gueuse, ce n'était pas la même que moi et je n'avais, on le sait, aucun autre titre de gloire. Mais on ne résiste pas au bonheur d'être aimé et loin de protester, je ronronnais si fort que c'en était gênant. De me voir au zénith fit plaisir au Siamois qui, m'effleurant de son épaule lustrée, m'avoua sur le ton de la confidence qu'il était très bien que j'eusse écrit l'Encyclopaedia Britannica. Je ne connaissais pas l'ouvrage, il est vrai, mais je ne savais que trop que je n'avais rien écrit du tout. Un autre, à ma place, aurait compris ? Je n'en suis pas sûr. Allez-y pour voir !

J'eus bien un mouvement de surprise et interrompis mon ronronnement, mais le Siamois eut alors un air peiné, si bien que je me tus et qu'il fut convenu entre lui et moi que j'étais bien l'auteur de l'ouvrage. Il me fit encore, à son sujet, dix compliments, disant : « Il y a là un Tttton », épuisant pour ce seul « t » ce qu'on en consomme en moyenne en un an, « oui, un Tttton ! » Il s'interrompit soudain, prit l'air ennuyé. Son regard partit, glissa, s'en fut et mon Siamois, à sa suite, sinua, fluctua, flotta vers d'autres jeunes matous aussi stupides que moi.

Alors se faufila entre nous un coupé noir et svelte en jabot blanc et le poil collé et qui, nous effleurant, ronronna :

— Bonjour, bonjour ! Quel plaisir ! Charmé !

Déjà, il disparaissait.

— Qui est-ce ? demandai-je à mon mentor.

— On ne sait pas, dit-il.

Cependant, terriblement intimidant, à quelques pas de nous, l'Angora paraissait dormir. Pourtant j'étais sûr qu'il n'avait rien perdu de ce qui s'était dit. Son sommeil n'était pas feint, non plus que l'isolement douloureux dont il jouissait, au cœur de la fourrure qui le protégeait, mais il était tourné vers nous comme si l'Angora n'avait pu écouter et sentir qu'à la condition d'être inaccessible. Et lorsqu'il ouvrit les yeux sur moi, j'eus l'impression que je le perdais et qu'il en souffrait. Ensuite, se levant, à ma grande surprise, le massif Angora esquissa quelques pas de danse avec grâce et légèreté, s'arrêta, me regarda sévèrement et fit face à un dur et double devoir : me parler et savoir que me dire.

En parlant, il chanta : tout le monde ici parlait en chantant et dansait pour marcher. Mais l'Angora, même s'il élevait le grave et émoussait l'aigu, se faisait un devoir de respecter le mot et son chant était tendu par une sorte d'autorité douloureuse. Il m'avertit qu'il me reconnaissait parfaitement et savait que j'avais failli mourir dans une gouttière de Venise. Il devina peut-être en moi une réticence et s'exclama :

— Mais enfin, vous êtes bien Parpagnacco !

Je ne songeais pas à nier. Ravi d'être reconnu par un matou aussi auguste, je ronronnai. Mais puisque tout était faux ! Tant pis, je ronronnais quand même. Cela vous paraît dément ? Allez-y, vous dis-je. Ensuite, nous en reparlerons.

Alors se faufila entre nous un coupé blanc et svelte qui, nous effleurant, ronronna :

— Bonjour ! Quel plaisir ! Charmé !

Déjà, il disparaissait.

— Qui est-ce ? demandai-je à l'Angora.

— Je ne sais pas, dit-il.

Ensuite, il y en eut tant, Seigneur ! Celui-ci qui n'accueillait que les idées claires ; celui-là qui voulait que le mot précède la réalité ; cet autre qui refusait tout ce qui n'était pas le chaos. Malgré mes efforts, mon ronronnement ne tarissait pas. J'aimais chacun et voulais le lui montrer. Comme ils n'étaient pas d'accord entre eux et que je les aimais tous, j'étais, moi, d'accord avec chacun, ce qui m'obligeait à me contredire sans cesse. Enfin je me tus. Je me contentai d'aimer en ronronnant, de ronronner en aimant et je crois qu'on fut très content de moi.

Alors se faufila un coupé blanc et svelte, au jabot noir et le poil collé, etc. etc.

On fit cercle, on fit silence. Au centre, l'Angora dormait de son faux sommeil et le Siamois sinuait. On vit voler un papillon et d'une patte foudroyante, jamais je ne vis griffes mieux acérées, le Siamois s'en saisit, puis de sa voix de liane qui s'enroulait autour de nos cœurs, il dit à peu près :

— Nous avons décidé de donner ce soir le papillon à ce poète charmant... Oh ! mon Dieu ! Mais comment s'appelle-t-il donc ? L'auteur de cette œuvre admirable... Oh ! mon Dieu ! Comment s'appelle-t-elle donc ? Enfin, nous sommes très heureux.

L'Angora souriait-il ? Nous étions au comble du bonheur. Que le Siamois fît semblant d'avoir oublié les noms de l'œuvre et de l'auteur nous parut exquis, exquis vraiment. Nullement troublé, le coupé blanc au jabot noir bondit allègrement au centre du cercle et se saisit du papillon.

— Qui est-ce ? demandai-je autour de moi.

— On ne sait pas.

Cependant, le coupé jouait avec le papillon et l'on se pressa autour de lui pour le féliciter. Peu après, on se séparait. Je rentrai chez moi affamé mais le cœur débordant de gratitude et d'orgueil. Hélas, je dois avoir l'âme plus proche du ventre que du cœur, car au lieu de retourner en rêve parmi l'élite, toute la nuit je ne vis que rognons.

Ce premier soir fut suivi de beaucoup d'autres, dix, vingt. Mon mentor grossissait et se portait bien. Je maigrissais d'autant, mais l'exaltation me soutenait. Le doute naissait, mais je le refusais encore et écrivais une ode à un papillon. Mon mentor m'écouta en achevant le poisson que je lui avais apporté, m'assura que mon poème était admirable et qu'il en parlerait au Siamois. Il tint parole : le soir même, je vis celui-ci flotter en ondoyant vers moi :

— On me dit que vous avez composé un poème charmant...

Une chance s'offrait et avec le courage du désespoir, je récitai de mon mieux. Le Siamois m'écouta, la tête penchée, le regard au loin. Le poème étant bref, je me tus bientôt et les yeux glacés revinrent vers moi. Il y eut un silence.

— C'est délicieux, délicieux vraiment ! Mais, comment dire... ça ne fait pas le poids.

Le charme s'était-il éventé ? Je ne sais, mais je répondis sans hésiter :

— Bien sûr, c'est qu'il s'agit d'un papillon.

Les yeux du Siamois s'agrandirent encore et l'étonnement les figea :

— Je ne dis pas le contraire, et il s'en fut.

Premier déboire. J'avais du cœur à l'ouvrage et la foi en mon génie ne faiblit pas. Une semaine ne s'était pas écoulée que je revenais avec un poème consacré à un éléphant. Le Siamois m'écouta, comme il l'avait fait la première fois, la tête penchée, les yeux au loin. Quand j'eus fini, il chantonna :

— Charmant, charmant vraiment ! Mais comment dire ? Ça manque d'ailes !

J'eus la maladresse de répondre :

— Bien sûr, il s'agit d'un éléphant !

Le Siamois m'adressa un dernier regard qui disait : « Incroyable ! incroyable ! », tourna le dos, s'en fut et ne m'adressa plus la parole.

J'errai un temps, si préoccupé par mes déboires que je me heurtai sans le voir à l'Angora qui dormait de son auguste et faux sommeil. Il ouvrit un œil :

— Vous voilà bien défait, me dit-il à peu près.

— C'est que, Maître,je suis venu ici apprendre la vie de l'Esprit. Et maintenant, je ne sais plus, ne comprends plus !...

— Bien sûr. Pour nous, chats, la vie littéraire n'est pas la vie de la littérature, mais son enterrement.

— Et vous, allais-je dire.

Déjà, il avait refermé les yeux et retrouvé son isolement solennel.

Le lendemain soir, je dînai enfin. Trois rognons,

frais, gras, onctueux, et je léchais encore ma moustache quand surgit mon mentor :

— Alors, que mange-t-on ? demanda-t-il.

— Vous, je ne sais pas. Pour moi, j'ai bien dîné, merci !

Et je le quittai en roulant mes épaules que je venais de redécouvrir en même temps que la fierté qu'elles m'inspiraient. Le mentor trotta derrière moi, humble et volubile. Il y avait une erreur, faute peut-être qu'il ne demandait qu'à réparer. En tout cas, un malentendu. Il m'avait cru un talent mondain, le désir de briller. Il s'était trompé : j'appartenais à l'élite pure et dure qui cherchait dans la souffrance la voie neuve susceptible de révolutionner à la fois la sensibilité et la réalité, le cœur et le monde. Je m'arrêtai stupéfait. C'était ça, c'était tout à fait ça, je dus en convenir.

Mon mentor reprit aussitôt de l'assurance et m'adressa quelques reproches, car j'aurais pu l'éclairer sur mes véritables ambitions. Rien n'était perdu et il allait aussitôt me conduire où il fallait. Plein d'espoir, ému et confus, me reprochant mon manque de foi et mon dîner égoïste, je lui emboîtai à nouveau le pas. Dix minutes plus tard, nous nous trouvions dans une autre grange, assez pareille à la première, mais en plus jeune, c'est-à-dire en plus délabré. Il y avait foule encore, mais très différente, plus joyeuse, gaillarde, et la gouttière ici dominait. Quelle ne fut pas ma surprise, toutefois, quand je vis qu'on y distribuait aussi un papillon. L'heureux vainqueur était un rouquin qui récita une œuvre à laquelle je ne compris rien. On me dit d'admirer sa rigueur et sa nouveauté, ce que je fis aussitôt : si je n'y comprenais rien, ce ne pouvait être qu'en raison de l'intelligence supérieure du texte !

Déjà le chef de bande, gouttière joyeuse et furieusement moustachu, venait à moi en roulant des épaules et me saluait comme un vieil ami.

— Tu es des nôtres ! Souviens-toi : le signe n'a de sens qu'en insignifiant le signifié pour porter la signification au-delà du signe signifiant vers l'insigne désignifié.

Que pouvais-je faire sinon ronronner ! Il me conjura de m'en tenir à cette règle. Autrement, je ferais une littérature morte. J'en tremblais. J'avais de nouveau oublié, on le voit, que je ne voulais pas faire de littérature du tout. Je n'avais que quelques choses à dire ! de moi, mais peut-être aussi de vous, pour peu que vous soyez pas très heureux et matou. Seulement, le bon sens est la chose du monde la plus facile à égarer. On croit l'avoir sous la main et puis, pfft... Je rentrai ému aux larmes et je me remis à jeûner. Je me remis aussi au travail. Ce qui m'avait paru lumineux se révéla d'une pratique malaisée. Ma première conclusion, hâtive, me conduisit à écrire quelque chose qui ne signifiait rien et que notre Condottiere rejeta en crachant de dégoût et en déclarant que c'était beau. Pourtant, dans sa colère il y avait une cordialité virile qui me rendit du courage : « S'exclure de la Culture, avant tout ! », ordonna-t-il. La chose me fut aisée et le mérite mince, car je n'avais pour bagage que celui qu'on gagne au clair de lune à sauter la chatte ou à déchirer le rival. Pour le reste : tantôt je signifiais trop et tantôt pas assez. Me voilà dénoncé comme précieux et ensuite comme néo-classique ! Un soir, j'eus le malheur de m'endormir. On me chassa ignominieusement.

Perplexe et affamé, je ne savais plus à quel signe, signifié, signifiant ou référant me vouer. Mes doutes renaissaient. Et si... J'osais à peine le penser. Et si c'étaient des farceurs et si je ne comprenais pas parce qu'il n'y avait rien à comprendre, et si c'était moi, enfin, qui avais raison ?

— Vous voilà de nouveau bien morose, me dit mon mentor, un soir après qu'il eut fini mon dîner.

— Oui ! Je crains de perdre mon temps. Il faut tout de même que j'apprenne à écrire.

— Ecrire ! s'exclama mon mentor stupéfait. Mais où avez-vous vu des chats qui écrivent ? Ecrire ! Mais nous ne savons pas.

C'est alors que j'ai commencé de rire. Je n'ai pas cessé depuis. J'espère ne m'arrêter jamais.

8.

Di rider finirai pria dell'aurora

Je rentrai chez moi et me remis à manger régulièrement, retrouvant aussitôt l'appétit et la santé. Les petits monstres avaient grandi et on les avait distribués à droite et à gauche, si bien que chez nous le calme était revenu. Des feuilles dorées ou brunes couvraient le gazon et craquaient sous les griffes. Le soir, mes Esclaves allumaient des feux dans la cheminée et, couché à ma place, entre cuisse droite de l'Un et cuisse gauche de l'Autre, je regardais les flammes s'aimer, se quitter, revenir et le ronron des jours anciens revenait me parcourir. Alors Il disait :

— Ce qu'on est bien !

Elle me grattait la nuque et de sa belle voix de velours :

— Bien sûr ! C'est grâce à Boubou. A notre petit Dieu !

Je fermais les yeux et tout étant en place, moi entre Eux, la flamme sur la bûche, nous tous au cœur de la maison et, au-delà, la nuit helvétique articulée par ses montagnes plus noires qu'elle ne l'était, gardée par ses étoiles et si anciennement paisible, si hospitalière aux chats repentis, je m'endormais dans la gratitude. Je n'avais pas renoncé à mon ambition, mais j'avais compris que ce n'était pas parmi les chats que je trouverais ma voie. C'était les hommes, c'était Lui parmi les hommes qui devait m'enseigner les signes grâce auxquels on franchit les océans et les années et parle à chacun en ami, de telle sorte qu'il ne se sente plus seul au monde, même si pour son malheur il est né chat, tout comme moi.

L'hiver était sur nous et je n'avais rien entrepris. Etre qui l'on est constitue une habitude tenace. Il fallait rompre pourtant. Je remettais au lendemain. Je préférais bâiller et regarder la tristesse légère de la neige se répéter, flocon après flocon, et venir pleurer goutte à goutte sur la vitre. J'enroulais ma queue autour de moi et je m'endormais. Renoncer à mon langage, ne parler qu'avec les mots des hommes constituait un sacrifice devant lequel je reculais. Surtout, il était convenu que j'étais un chat de génie ; et si je me révélais un homme médiocre ? J'avais à dire des choses sublimes en chat et s'il ne me restait rien à dire en homme ?

Au-dehors, le jardin dormait sous la neige. Toute ma Suisse bien-aimée roulée comme un chaton au pied de ses montagnes était blanche, blanche comme l'est un rêve d'enfant et innocente comme un matou sage qui s'endort.

Eh bien, c'est par générosité que je fis le pas. Voilà qui doit surprendre. La générosité n'est pas le fort des chats. Je crois bien que je n'eusse jamais surmonté l'attachement que je porte à ma voix, mon langage, mes vertus félines si mon Esclave n'avait été si malheureux cet hiver-là. J'ignore la quadrature du cercle qu'il avait entreprise, mais il était évident qu'il ne s'en sortait pas. Je ne supportais plus ses cendriers pleins, ses pages déchirées, ses mèches en désordre, ses énormes soupirs et moins encore ses jurons. Et une nuit, je Lui rappelai le Pacte signé de son sang, autrefois, à New York. Nous nous mîmes au travail et malgré toutes les difficultés que j'avais pour alléger la plume de plomb que le sort m'avait prêtée, nous fîmes des progrès. Seulement, au cours des nuits qui se suivirent — nous écrivions la nuit — tout au long de cet hiver qui se défit bientôt en un printemps pluvieux, je me mis à changer. Je ne m'en aperçus pas tout de suite. Et quand je le fis enfin, c'était trop tard : ma chatitude m'échappait. Je devais y penser sans cesse pour me souvenir de ma moustache, de mes griffes, de ma queue. Je ne les habitais plus. C'était un décor, un déguisement, un masque et ils ne tenaient plus. Je pris peur et voulus rompre. Mais alors, c'est Lui qui me rappela notre Pacte. Il me fallut poursuivre. Je souffrais.

Vint la nuit. Elle était profonde. Ils dormaient tous les deux et j'entendais leur souffle parfaire le silence. Je restai seul dans le bureau, relisant ce que nous venions d'écrire, songeant à mon destin qui trottait là, ligne à ligne, sous mes yeux et murmurait sans bruit. La nuit pesait sur moi. J'avais la fièvre, la tête pleine de mots d'homme qui tournaient, m'obsédaient, criaient dans le silence qui devenait pareil à une prison où j'aurais été enfermé avec ces mots. Ni eux, ni moi ne pouvions nous évader.

Je sortis et j'allai dans le noir, rêvant à mon destin. Soudain un nuage éclata et le tonnerre roula à travers le ciel. La nuit fut déchirée et du fond des Alpes le vent bondit. Des éclairs livides sillonnaient les ténèbres et à mes yeux épouvantés parut l'Ancêtre. C'était un chat, mais il avait la taille de la tempête et l'orage rugissait dans sa voix. Pareille à une flèche, Elvire sortit de la haie et se jeta sur moi pour me protéger. Je la repoussai brutalement pour rester seul, face à face, avec l'Ancêtre.

Dans ses yeux peuplés de rafales et de flammes, je lus ma condamnation. Il ouvrait une gueule énorme, grondait comme le font les volcans, secouant la nuit entière, mais articulait à peine. Je compris pourtant que chaque fois que sa gueule se fendait, une malédiction nouvelle était proférée contre moi. Je crus entendre la tempête miauler « tu es un traî...tre » et le mot s'étirait dans la bourrasque qui me cinglait le visage. Puis les yeux de l'Ancêtre flambèrent si haut que, des Alpes au Jura, il fit un jour livide et sa voix mugit : « Tu seras un homme, un hom...me, un hoo... » La malédiction s'étira jusqu'au fond du ciel et s'enfuit dans l'orage.

Le feu du ciel s'éteignit, tomba pour s'allumer dans mon corps. Je souffris. Je sentis, j'entendis mes os craquer. On me tordait, on me brisait. Deux soleils glacés me brûlaient les yeux. Mon poil tombait à terre et bientôt je vis, gisant à mes pieds, ma pauvre fourrure maculée, sanglante, et ma queue morte et recroquevillée. Tandis qu'on me déchirait ainsi, j'entendais toujours résonner dans mes oreilles la malédiction : « Tu seras un homme ! » Je sentis une poussée formidable qui me dressa. J'étais debout ! Ensuite, je tombai évanoui.

Je suis un homme maintenant. Je sais que plus jamais je ne redeviendrai un chat, que plus jamais je ne sentirai sur moi leurs mains si douces, plus jamais la fourrure, les *mille e tre,* plus jamais le ronronnement. La vie est devenue grave : je n'en ai plus qu'une, plus qu'une mort aussi et avant qu'elle ne vienne à ma rencontre, son sourire ambigu sur les lèvres, tout doit être dit clair et net, pour l'épitaphe. Je suis né une fois pour toutes, sans retour possible, sans espoir. A l'intérieur de moi, c'est tranquille. Je sais mon nom. Je suis l'Inconsolable. Mais de quoi va-t-il s'agir pour moi, désormais, et comment survivre à cette paix ? Comment survivre à mon désespoir de redevenir un chat et de retourner là où j'étais bien. Le silence ne fait plus de bruit, le journal n'a rien d'homérique et si j'aime encore les chattes, c'est surtout par compassion. La magie s'est enfuie et quand je parle, aucune voix ne vient doubler la mienne et je sais que je parle seul. Je sais que l'autre n'est pas moi, ni moi l'autre, que lui, comme l'arbre, mon beau marronnier, comme le ciel, si pur au-dessus des Alpes et du Jura, tous me sont étrangers. La vérité en moi est paisible et solide. Elle est triste.

Tout est clair. Mais que faire de la clairvoyance ? Il me semble qu'il ne reste plus rien à entreprendre pour celui qui sait qui il est et qui a rejoint mystérieusement celui qu'il devait devenir. Comme la vie est longue ! Aurai-je la patience d'en attendre la fin ? Aurai-je le courage de mentir assez longtemps, de faire mille et trois tours, de prétendre m'intéresser à toutes leurs âneries, si longtemps, si terriblement longtemps, avant de pouvoir enfin défaire ma naissance pour me recoucher dans un trou chaud, douillet et noir.

C'est à cette même heure que cette nuit-là un chat de gouttière nommé Graf Bouby commit une erreur que l'on comprit mal et dont on ne se consola pas à Colovrex, où on l'aimait. Il trottait calmement dans la tempête, plein des graves pensées qui habitent les chats et qu'aucun homme, jamais, ne pourra deviner. Il vit se lever dans la nuit et monter deux astres éblouissants et glacés. Ils tournèrent, le fixèrent et il sentit leur feu froid foncer sur lui. Pourquoi alors mon Bouby, mon valeureux matou, n'as-tu pas bondi comme tu l'as fait mille fois, porté par tes muscles et ton agilité royale qui faisait notre orgueil, pourquoi, pourquoi n'as-tu pas bondi dans la haie ? Mon fauve, tu as pu hésiter, toi ! Déjà, c'était trop tard !

Le chauffard qui rentrait ainsi, grisé de vitesse, à son volant, a-t-il seulement senti qu'il te tuait ? Finie la fête qui portait ton nom, éteinte la flamme.

Hélas, pauvre Bouby !

A l'aube, nous dûmes cesser de rire.

TABLE DES CHAPITRES

Achevé d'imprimer
en mai 1984
sur les presses de
l'Imprimerie Hérissey
à Evreux (Eure)

ISBN 2.7158.0475.X
F 26062
N° d'Imprimeur n° 34513